L'EXIL ET LE ROYAUME

放逐與王國

ALBERT CAMUS

卡繆

劉森堯——譯

目錄

【譯者序】

阿爾及利亞紀事

——卡繆和《放逐與王國》及其他

劉森堯

阿爾及利亞是我的王國，也是我的世界。

——卡繆，一九五二年

卡繆於一九一三年出生在阿爾及利亞的首府阿爾及爾，當時的阿爾及利亞還是法國的殖民地，他的父親原來在法國本土服役，後來調派到阿爾及爾的軍團，但一九一四年第一次世界大戰爆發，立即被調回法國本土參戰，不幸才參加第一次和德國的戰役就陣亡。卡繆才出生一年就成為戰爭孤兒，和父親幾乎等於沒見過面。一九九四年法國伽利瑪出版社出版卡繆生前未完成的遺作《第一人》，該書主要就是以描寫他父親的生平事蹟為主，書中曾描寫一九四八年之時他來到法國布列坦尼，來到父親的墳前，忍不住說：三十五歲的兒子來看三十歲的父親，我變成了他的兄長。

卡繆的母親是西班牙人和阿拉伯人的混血，因此除了法國和西班牙之外，他身上還流著濃濃的阿拉伯人血液，父親死後，他和母親及外婆相依為命，在阿爾及利亞極為惡劣的窮困環境中長大，一直到在阿爾及爾上了大學之後，才有機會第一次踏上法國本土，他說：法國是異鄉，只有阿爾及利亞才是真正的故鄉。未來法國成就了他的文學事業，但真正提供他文學養分的卻是阿爾及利亞，他的作品，包括戲劇、散文和小說，特別是較為後人所熟知的《異鄉人》和《瘟疫》以及短篇集《放逐與王國》，幾乎有百分之九十以上篇幅全都以阿爾及利亞為背景，他描寫阿爾及利亞的惡劣生存環境，以及那裡廣袤無垠的沙漠和蜿蜒迆邐的地中海海灘，總是離不開貧窮和落後，還有對生活的厭煩，以及對無辜阿拉伯人被不平等待遇的同情，《放逐與王國》幾乎就是這些事實的見證，但這卻也是讓他魂牽夢縈的美麗故鄉，他畢生的最愛，可惜他無緣看到阿爾及利亞在一九六二年脫離法國獨立，他於一九六〇年一月初不幸在法國南部公路上死於一場意外車禍。

他在一九五七年獲得諾貝爾文學獎時轟動全世界文壇，那年他才四十四歲。契訶夫和卡夫卡都沒活過這年紀，普魯斯特在這個年紀才剛開始要邁出偉大文學創作的第一步，薩拉馬戈活到五十八歲才決定全心全力投入文學創作，並在七十八歲獲諾貝爾文學獎，棺材幾乎都要進去一半了，才寫出像《里斯本圍城史》和《盲目》這樣的傑作，湯瑪斯・曼和福克納這些前輩也都是五十幾歲才獲獎，他自認自己還不夠資格，他曾考慮放棄這個榮耀，但有人告訴他這個獎是頒給法國和阿爾及利亞。其次，完全沒有人料到會是他得獎，他的作品，不管是戲劇或小說，在許多人眼中看來的確完全談不上分量，很暢銷也很受議論沒錯，但未必有什麼高水平的文學價值，當時最具名望英國批評家喬治・史坦納和正忙著要出版《羅麗塔》的納布可夫就很看不起他，將他評為一無是處，我相信除了眼紅，不知還可能基於什麼其他理由，讓他們那麼痛恨卡繆，特別是納布可夫，他從來對與他同時代作家都是不屑一顧，他永遠覺得只有他本人才是全世界最好，很不幸，他最厭惡的當代作家排名中，沒有任何理由，卡繆恰恰就排在第一名，第二名是湯瑪斯・曼。為什麼第二名是湯瑪斯・曼？因為他是德國人。

當獲獎消息傳來時最感錯愕的人就是卡繆自己，他說，怎麼不是安德烈・馬侯（André Malraux）呢？馬侯是法國第五共和第一任總統戴高樂手下的文化部長，向來非常嚮往中國共產黨革命，他早年最有名的一本小說《人類的處境》，就是獻給延安時期的中國共產黨，他是卡繆的前輩，所寫作品未必比他更好，但至少聲望比他高很多。一九六三年中法建交，正是由他一手策畫促成，可見他當時除了是有名望的作家之外，還具有相當程度的政治影響力。就在卡繆獲得諾貝爾獎的次年，他在法國中部一個小城改編演出杜思妥也夫斯基的小說《附魔者》，十分轟動，首演當晚馬侯和戴高樂聯袂從巴黎趕來觀賞，卡繆非常開心，看完戲臨走時，馬侯問他有什麼需要他可以幫忙的，卡繆回說，他需要一間屬於他們劇團自己的劇場，馬侯毫不猶豫說：好，我蓋給你。兩年後卡繆車禍身亡，這樁提案就永遠胎死腹中。

《異鄉人》這本小說出版於二戰期間，書一出版立即成為暢銷書，一路暢銷到戰後的大西洋對岸，最後在卡繆獲得諾貝爾獎之後達到高峰，更是成為全世界人人爭相閱讀的小說，非常的炙手可熱，幾乎人手一冊，這個現象適時搭上存在主義的熱潮，在全世界延續了至少有十幾二十年之久。記得一九六〇年代中我在讀高中時，書包裡就放著這本小說，到處炫耀，進入大學之後更為變本加厲，多了一本《薛西佛斯神話》，覺得自己高人一等，事實上全都是一知半解，甚至根本就是謬誤連篇。

《異鄉人》一書於二戰之後在西方世界風靡的情況從一件事情可以看出來，一九四六年卡繆應紐約一家知名出版公司Knopf邀請，前往美國東部幾家知名大學巡迴演講，當時的卡繆早已因《異鄉人》一書而名滿天下。這家出版公司向來聲名卓著，老闆是德國猶太移民，公司創立於一九一五年，專門以精美的精裝版本和最高級紙張出版歐洲當代名家的作品，比如湯瑪斯・曼和卡夫卡的最早精裝英譯版本全集就全網羅在其書單之中，自然也不會錯過卡繆的作品，《異鄉人》就是由他們出版，在美國幾乎賣到翻。卡繆於一九六〇年車禍身亡時，Knopf知道他正在寫一本精心傑作，雖然書還沒寫完，立即跟他遺孀預約英譯版權，卻足足等了三十五年，《第一人》一書英文本於一九九五年出版時，第一版十萬冊於一天之內秒殺賣光，其中有一本就是被我買走的。

這次卡繆在美國大學的演講空前成功，場場爆滿，大多是女性聽眾，每次演講完之後，手上拿著《異鄉人》一書要給他簽名的人，從講台排到外面，甚至排到校門口，根本看不到排隊隊伍的尾巴。第二天紐約時報頭版報導卡繆前一晚演講的內容，演講題目是「現代人的精神危機」，主要還是在闡述存在主義概念，記者引述一位哲學系女生的話：「媽呀，沒見過那麼帥的男人，《北非諜影》的亨佛利・鮑嘉算什麼，光看他那雙會癱瘓人的眼神，我立即了解什麼是存在主義了。」

卡繆的確是當代作家當中少見的美男子，三種不同種族的混血，長相非常英俊瀟灑，體格更是健美挺拔，即使身上不幸染有肺癆，看起來還是非常的出類拔萃。他在阿爾及爾讀高中時，除了功課名列前茅之外，還是學校游泳和足球的代表隊，尤其是足球，他是無可取代的最佳守門員。就在他高中快要畢業時，面臨了一個兩難的抉擇，首先，要不要接受政府聘請，成為阿爾及利亞國家足球代表隊的選手，這有個好處，以後收入穩定，可以紓解家中的貧困，讓母親的生活過得像人樣一些。而且，在往後的世界性比賽中，如能獲得歐洲盃或是世界盃冠軍，那更是一輩子的榮華富貴了。但他的高中老師並不這麼看，踢足球是一時的，而讀書卻是一輩子的，何況他此時正處在哲學熱頭上，尼采是他的神灶。他母親這邊，她一輩子沒讀過書，不認識字，倒是希望兒子能好好多讀點書，就毅然決然說：踢，踢什麼足球，讀書去！卡繆是出了名的大孝子，母親的話不敢不聽。一九五七年卡繆獲諾貝爾獎時，第一個打電話報喜的對象就是他母親，母親只淡淡回應：那是什麼？你不要給我惹事！

卡繆在高中畢業時面臨了生命的另一個重大難關，他發現自己染上了肺結核。這病生死攸關，此一時期有不少知名作家都死於這病：契訶夫、卡夫卡、D.H. 勞倫斯、紐西蘭著名短篇小說女作家曼斯菲爾、喬治・歐威爾……。一九三〇年，十七歲的青少年卡繆，年紀輕輕就面臨重大疾病的死亡威脅，而他此刻生命充滿生機，人生才正要開始而已。所幸他是烈士遺孤，是一級榮民，一切住院治療費用全免，還有津貼可領，他的那位高中老師立即幫他安排住院治療，這病在當時不會治好，只能控制不要惡化而已，但還是會經常發病咯血，以後卡繆就拖著這病活得很辛苦，直到車禍身亡，這中間不知有多少回常想要自殺，因為他同時還要照顧一個患有精神疾病的妻子。

養病期間他大量閱讀，每天寫筆記，我在其中一篇讀到：杜思妥也夫斯基描寫痛苦和疾病，卻讓人感覺活著很有意思。另一篇：普魯斯特是當代最偉大作家，無人能比。他的高中老師給他送來全套《追憶似水年華》，的確，人只有長期臥病在床最適合讀普魯斯特。就這樣有兩年養病時間，卡繆幾乎讀遍阿爾及爾市立圖書館所有法文書，兩年後進入大學時，不但身體已恢復健康，而且能夠為多家報章雜誌寫稿賺錢，甚至組織劇團演戲，然後自己寫戲劇演出。另一方面，他的政治活動也很活躍，他加入了共產黨，但很快就又退出了，理由很簡單，和喬治・歐威爾的情況幾乎如出一轍，他發現史達林統治下的俄國蘇維埃共黨政權的胡作非為行徑，讓他駭然於心，從此以後他再也不談共產主義了。不談共產主義，但還是要談貧窮和社會不公，特別是阿爾及利亞，《放逐與王國》一書的六個短篇正是這種思潮之下的產物，如果《異鄉人》和《瘟疫》是存在主義的告白，那麼《放逐與王國》就是社會主義的宣言，其中還涵蓋有女性覺醒，宗教批判，兄弟情誼，藝術創作以及貧窮等等附帶主題。就卡繆的創作歷程而言，這本短篇合輯是屬於較後期的作品，就創作視野而言，顯然比先前寬廣許多，該書出版於一九五七年，他就是在這一年獲得諾貝爾文學獎。書中六個短篇故事有五篇都是以卡繆所熟悉的阿爾及利亞為背景，第六篇〈生長中的石頭〉的背景雖然是巴西，那是他在一九四八年一次受邀訪問南美巡迴演講的產物，他眼中的巴西和阿爾及利亞很相像：貧窮落後和原始宗教的迷信。因此，這個短篇的核心思想還是一樣指向阿爾及利亞，呈現貧窮和宗教迷信的痛苦，卻無能為力。

在這個短篇集子裡，最負盛名的一篇是〈訪客〉，記得四十幾年前讀外文系時的小說選讀課上，這一篇列入必讀，後來在法國的語言班上，這一篇和《異鄉人》也是列入必讀，因為這是了解現代法文美麗文體的最佳典範，猶如喬治・歐威爾的當代英文文體或是卡夫卡的當代德文文體，都是令人賞心悅目的對象。前些年我來到外文系教書的場合，拿到手的世界短篇小說選集也是少不了這一篇，可見近幾十年來，不管是法文原著還是英譯版本，這篇小說都廣受喜愛，並列為短篇小說的閱讀典範，理由有兩個：其一，小說故事雖簡單卻引人入勝，描寫人物和背景，具體而清晰明朗，易起共鳴；其二，文字簡潔俐落，言簡意賅，結構嚴謹，真是短篇小說的學習典範。另外還有一點，卡繆在文中所刻畫男人和男人之間的兄弟愛，很符合人性原則而令人共鳴不已，人類兄弟愛是卡繆作品的一大核心主題，在《瘟疫》一書達到頂峰。

卡繆出身貧窮，卻從不看重金錢，他獲得諾貝爾文學獎之後，名利雙收，作品世界性大賣，金錢像流水一般源源不絕滾進來，他給妻子法蘭辛找全法國最高級療養院治療精神疾病，買全世界最昂貴藥品給她醫治，他同時拿許多錢回阿爾及爾孝敬母親，打算在一處高級地段蓋一間別墅給她住，母親拒絕了，要他把那些錢拿去阿爾及爾貧困地區，給窮人家買吃的和穿的，同時還請人幫忙清理排水溝，以杜絕當地猖獗的傳染疾病，要為窮人家花錢的事情他從不手軟。他在巴黎時，有時半夜在塞納河畔或橋上遇見遊民跟他要香菸或錢，他從不拒絕，甚至把身上的錢全部掏給他們，自己走路回家。一九五九年九月他在法國南部鄉下地區買下一處養蠶農場，改裝為休閒別墅，當作居家寫作的地方，他當時正在辛苦寫作一本他自認為的曠世傑作，信心滿滿，野心勃勃。他為妻子法蘭辛從巴黎買來一架十分高級的鋼琴，讓她養病之餘可以彈點好聽的音樂給他聽。此外，他在書房牆上掛上一幅從巴黎拍賣場合買來的托爾斯泰畫像，這是他心靈的偉大宗師和寫作的偉大導師，《戰爭與和平》是他的聖經。

時序翻到一九六〇年的年初，年底時卡繆帶著妻小從巴黎來鄉下過年，元月初三，全家要一起回巴黎，火車票都已經買好了，就在這天上午，卡繆的老東家伽利瑪出版社少東米歇爾帶著妻小開著剛買的豪華轎車來訪，他們從里昂要回巴黎，路過順道來拜年，米歇爾過去很幫忙卡繆，兩人感情很好，當下邀請卡繆搭他們便車回巴黎，一方面試乘他新買的豪華轎車，一方面可在車上好好聊談，卡繆就把法蘭辛和一對雙胞胎小孩打發去搭火車回巴黎，自己搭米歇爾的車，和他的妻子女兒一起回巴黎。他們晚上還投宿在一家小旅館，第二天一早繼續驅車趕路，天有不測風雲，人有旦夕禍福，不知何故，半路上車子突然往右偏撞上路旁一棵大樹，卡繆當場死亡，米歇爾重傷，一個禮拜後辭世，坐在後座的米歇爾妻女則毫髮未傷。事後他們在卡繆的手提包發現已經寫了一百多頁的《第一人》手稿，尚未完成，此未完成遺作於一九九四年由伽利瑪出版社出版，書出之日，洛陽紙貴，幾乎賣到翻。此外，他們在車禍現場，在卡繆西裝上衣口袋發現一張亞維儂到巴黎里昂車站的單程火車票。近年有義大利人著書闡明卡繆乃是為當時蘇聯KGB殺手所殺害，因為他在當時反共反得厲害，此一說法至今仍無人採信，包括我在內。

【導讀】

孤寂（Solitaire）或連帶（Solidaire）——《放逐與王國》裡的六種放逐者樣貌

朱嘉漢

卡繆的時間停留在一九六〇年的那場車禍。在路途上的他注定無法抵達目的，自然無法歸返。他寫一半不到的《第一人》，要再隔三十年才出版，而且也必然是半途（除非奇蹟式出土完整稿件）。換句話說，這種永恆的「在半途」狀態，無法抵達也無法歸回的處境，無非就是放逐的形式。

如果我們再把時間挪前一點，會看見，卡繆即使在一九五七年獲得了諾貝爾文學獎，在法國也遭受不少質疑與奚落。尤其他在出版《反抗者》後遭到沙特一派的集體圍攻，在面對阿爾及利亞問題時又無法清楚表達令人滿意的立場（然而事實上，「不可能加入兩邊任何一方極端的陣營」這就是卡繆最堅定的態度表明），陷入孤寂的狀態。在這些落井下石的言論中，就一再挖苦卡繆已經江郎才盡。

於是，在獲得諾獎前幾個月出版的《放逐與王國》，被這些氛圍所遮蔽，再加上卡繆的驟逝，生前最後的一本小說集，竟像是某種缺憾了。在很長一段時間，至少對於一般的讀者來說，就是沒能寫出超越《異鄉人》、《瘟疫》的證明。諷刺的是，之所以能成為證明，並不是因為《放逐與王國》有怎樣的缺陷，而僅僅是最簡單的的理由：這本小說遭到遺忘。最後，《放逐與王國》，在卡繆的作品中，也像是遭到放逐了。

作為後世的讀者是幸運的。至少，我們更全面地知曉卡繆有「荒謬—反抗—愛」三階段，《第一人》的殘稿也證明了卡繆已經準備好面對其終極作品，如他筆記中所大致記下的，一本「大小說」。

我們也因此，在時光的作用下，贖回了這本作品，知道《放逐與王國》在卡繆作品中的獨特位置與意義。甚至，「放逐」與「王國」的兩個對立詞彙並列，本身就能夠代表卡繆一生的創作與思考。孤寂（放逐）與連帶（王國）是如何可能，是否有個道路可以連結兩者，不僅是這一系列短篇的命題，甚至我們可以說，這就是卡繆畢生的命題了。

＊＊＊

卡繆出生於一次大戰之際，父親因參戰，而喪命在法國的土地上。成年後，又經歷過二次大戰的衝擊。《異鄉人》與《薛西佛斯的神話》即是在法國被占領期間（一九四二）年出版。卡繆相當有感於大戰後的精神危機。粗略而論，他的書寫實踐（甚至包括言論與行動），其實都在探問連帶是如何可能。尤其在沒有神，且經歷過如此大的傷害浩劫後，仍然激化的世界如何可能團結？

《瘟疫》與《反抗者》，就是卡繆一次努力的嘗試。諷刺也在於，正是《反抗者》這本書，使得他遭受了放逐的狀態。卡繆的「我反抗」，並沒有他在《反抗者》所宣告的「故我們存在」，反倒令他陷入更為孤寂。

或許卡繆沒有錯，問題只在於，即便孤寂是人類的普遍狀態。然而，每個人所處的孤寂狀態其實是不一樣的。也許孤寂能通向連帶，但在此之前，需要耐心處理，所有個體獨特存在於世的那份孤獨。

這便是《放逐與王國》的書寫目的，卡繆專注描述每個人獨特的放逐狀態，且指向遠方，那個未必真的存在、也未必能夠抵達的王國。小說中沒有任何一個人被真正允諾，唯獨在某個時刻的生命狀態裡，體現了某種更為內在的抵抗與尋求。

我們不難看出《瘟疫》到《放逐與王國》的轉變。《瘟疫》的圍城，以成年男性的團結，面對抹去一切差別與疆界的傳染病。這樣的友愛實際上是特殊的、例外的，甚至其實是粗糙的。甚至批評者指出，《瘟疫》雖然存在著「孤寂與連帶」，某方面而言仍是停留在自我中心式的孤寂。

《放逐與王國》便是卡繆沉潛多時的結果。短篇的形式並非是退步的顯現，而是他對於孤寂型態的考察，到了更為細膩，且用心拿捏理解的距離的階段。卡繆面對更多的他者，不僅呈現不同的放逐狀態中的心理，也同時更複雜但精準地，勾勒出每個意識所預想的王國可能樣貌。

我們更應該說，《放逐與王國》標誌的，其實是卡繆的進化，包括困惑本身、猶疑本身，都已經更為成熟。卡繆以不同的方式，不同的困境與感受，不同的選擇與行動，虛構了複聲調的放逐。

如同他在書獻詞上寫著：這本書只有一個主題：「放逐。從單聲調的內在放逐，以六種不同的方式化為現實的敘事。王國會與某些真實且誠摯的生命同時出現，在此，我們重新尋回並最終在此重生。放逐以它的方式給我們指向了道路，只要我們懂得同時拒絕奴役與掠奪。」

＊＊＊

開篇的〈不貞的女人〉展現卡繆全新的一面。賈琳娜是卡繆小說中僅有的女性主角。她的放逐並非是所在的那片北非的荒漠，而是她的婚姻，即便她知曉她與丈夫彼此需要。表面上的相伴而不致孤身，實際上是難以忽視的兩人間的折磨。這篇小說裡，賈琳娜的王國反倒是那片陌生的荒漠上，如此沉默的遊牧民族，這群「一無所有，卻不卑躬屈膝，仰人鼻息」的「奇怪王國裡貧窮而自由的貴族」。

她的夜間漫遊，一瞬間開闊，看見希望的開闊。這是她真正渴望的王國，卻永遠不屬於她。最後她回歸，在丈夫困惑的面孔前，流下淚。而我們卻無法確定，那是悲傷的眼淚，或是欣喜的。

卡繆力圖掌握起曖昧的共存，不廉價地使其失望或給予救贖，而是能在希望王國時，同時不背棄自己的放逐。或是無論怎樣孤寂的放逐，心中仍有王國。

＊＊＊

〈叛教者或精神錯亂的人〉則是卡繆小說中最直接呈現暴力、瘋狂的敘事。除了最後一句外，直接以第一人稱自白暴露種種接近詛咒般的話語。也是這六篇當中唯一的第一人稱敘事。這裡的放逐狀態，是兩種文化與信仰的夾殺，西方基督教文明與異族宗教文化的絕對無法調和與溝通。依循著信仰來到蠻荒之地，欲以信仰的上帝去征服野蠻，卻被野蠻逆勢吞碎，「我」徹底被奴役、被暴力對待。在這屈服他的力量面前，「我」不僅折服於新的信仰，甚至瘋狂了幻想「王國」。「我」想像，「只有惡才能達到目標」，而「我們要為它服務並為它建立王國」。

「我」願意祀奉邪惡，因為「一旦我變成邪惡」，「我就不再是奴隸了」。然而小說的最後，「我」被強迫沉默，連非人的吶喊都沒有。

是以，此篇卡繆呈現了絕對的不可能，聯繫不可能，溝通不可能，愛的不可能。所謂的征服與被征服，無論選擇哪一方，都不可能有共存。這也是他對於阿爾及利亞政治問題的思索。

＊＊＊

〈沉默的人們〉則是相對把重心放在重建。相較於前篇的多語，這篇也是沉默的。故事的開端，已是一次酒桶製作工人的失敗罷工，回到工作崗位的挫敗情景。由主角中年木桶工伊瓦爾不甘又羞辱地，一一告知同伴們交涉失敗，得回去工作。挫敗的屈辱與沉默（尤其面對老闆），以及日復一日的工作。卡繆描繪工人的沉默日常，也默默呈現同樣在悲慘的工作中，以及互相分歧想法，但在不得不接受與繼續的工作間，彼此間仍有不言自明的聯繫。故事的最後一幕，永恆存在的大海，對遠方的嚮往，安撫這一切的疲憊。

卡繆在此談論的放逐是日常的放逐，被生活緊緊纏住而無法離去的放逐感。是群體間的放逐，也同時是集體的被放逐狀態。這篇小說另外暗示另一種狀態。個人的孤寂放逐，使得人們不得不沉默，即便嘗試過發聲。但也在這樣共同的沉默中，聯繫與友愛也不證自明。

＊＊＊

〈訪客〉則直面的描繪一位不毛之地的鄉村教師達呂的拒絕，不僅拒絕被奴役，也拒絕掠奪他人。這裡，只有風雪與石頭，以及二十多個學生。只要一停課，這間學校便只有他一人。表面上，這是放逐，然而對於達呂來說，「他在這裡土生土長，要是離開這裡到別的地方，他會覺得被放逐一般」。故事最有張力的部分，還是在於闖入他生活的「訪客」。一位殺了人的阿拉伯人被警官帶來，傳來上級的命令，要達呂押解這位犯人。獨留下的兩者，一個預設好的上下關係，押解者與犯人，卻在這樣的緊張關係中，直接的面對危險（一位阿拉伯的殺人犯），他們啟程，並不作任何解釋地，給予對方自由。那樣的分別，讓兩者皆從奴役關係中解放，回到各自的孤寂，同時也隱隱有了連帶。

＊＊＊

〈喬納斯或工作中的藝術家〉裡的畫家喬納斯，誠然是卡繆的寫照，也以小說的形式，描繪了自己內心的圖景。可以說，這裡的孤獨，就是卡繆自身的孤獨。我們可以在此看見兩種孤獨的形式，以及兩種連帶。故事裡呈現了他對藝術的單純探索，以及這份「幸運」帶來的名氣，是如何在幾年間有回不完的信、被迫需要表態（對政治發表意見）、接見不完的客人與弟子。他不僅喪失了安寧，也逐漸成為他人攻訐的目標，加上經濟與生活的壓力，而不堪負荷。換言之，成名所帶來的連帶關係，包括弟子、畫商、攀附的友人，不僅不是真正的連帶，反倒讓他失去創作者思考藝術需要的孤寂。這篇小說毋寧是展現孤寂的價值與必要，因為在此情況，喬納斯在虛假的團結表象裡，感受到的是另一種痛苦的孤寂。然而，解方終究還是在孤寂。喬納斯承擔了這些惡意，回到自己孤獨的創作裡。最後，在白色的畫布上，以極小的字母留下的字，難以辨認是孤寂（solitaire）還是連帶（solidaire）。

這篇的價值不僅是卡繆幾乎直接的回答那幾年的惡意與自身的困境，這孤寂與連帶其實已是整本書名《放逐與王國》的同義。在放逐狀態的卡繆，以自我放逐的方式，找尋到聯繫的道路。而且並不鄉愿。我們必須注意的文眼，是那個「或（ou）」字。只有「或者」，能將這兩個對立並置。

＊＊＊

最後一篇〈生長中的石頭〉則是在畫面上最豐富的，相對於阿爾及利亞，巴西叢林的深邃與神秘，讓卡繆在最遠的地方，回望另一種放逐。達拉斯特作為一位水壩工程師，像是卡夫卡的測量員來到異境。這樣的放逐，令他感到困惑、不適，又如此吸引。同時，他的備受禮遇，其實使得他更為孤寂，倘若不拒絕，便會站上壓迫者（殖民者）的位置，且融入不了當地。換言之，他在此處的位置，早已決定他無法融入。而這卻是他想逃離的部分。小說最後，達拉斯特代替扛著大石還願的廚師，將大石扛在自己肩上前行，讓人想起了卡繆筆下的薛西佛斯。這個行為毫無允諾（因為這並非他的信仰），而且甚至不是他的願望。但達拉斯特卻不假思索地，出於最直接的感受，承擔了扛起大石。最後，本篇，甚至就是整本書的結尾，廚師的哥哥在聚會中指著空位，說：「和我們一塊坐下吧。」

拒絕了站在權勢與壓迫一方，也跨越了隔離，達拉斯特以自身的肉體扛下了石頭，承接相同的苦痛，且找到了連帶。是這六篇裡面，唯一確實感到連帶的。卡繆也為這本書，留下了光明的結局。

＊＊＊

無論如何，卡繆在這本集子裡，除了各種敘事能力的展現，角色性格與際遇的刻畫，最有價值的部分，仍是他細膩地思索。不需要殺人也不需要瘟疫，貼著人物與其生活，幾乎無重大事件發生，便能同時思考最嚴肅的命題。並緊緊扣著放逐與王國，孤寂與連帶的複雜關係。就因為一切不能輕易兌換，使得無論是希望與否，都不會因此廉價與虛假。

卡繆已經透過這本作品，面對所有的質疑與嘲諷，證明自己不會被打敗。

我們最終的理解，僅是再透過閱讀，也參照卡繆的思索，理解每個人不同的孤寂樣貌，及其抵抗與期望。

如此，已經讓我們尋獲了王國。

不貞的女人

公車內，一隻瘦弱的蒼蠅飛到關著的玻璃窗的玻璃上，已經有好一會兒了，很奇怪，大概是飛累了，牠就在玻璃上面無聲無息地來回走來走去。賈琳娜沒再看到這隻蒼蠅，然後又看到牠停在她丈夫動也不動的手臂上。天氣很冷，每當一陣夾雜沙子的風吹在窗子玻璃上時，這隻蒼蠅就微微抖動一下。在冬天早晨稀疏陽光照射下，汽車的鋼板和傳動軸聲音嘎嘎作響，一路顛簸個不停，車子幾乎沒什麼前進。賈琳娜看著她丈夫，馬歇爾那狹窄的額頭上垂下幾綹已經花白的頭髮，他的鼻子很大，嘴巴有點歪，看起來很像一尊在賭氣的農牧神。每當車子碰到路上的窪洞，猛然晃動一下，她就感覺到他往她擠壓一下，他後來就乾脆把整個笨重身體倒在她張開的大腿上面，眼神呆滯，整個人又回到剛才那樣一動不動，一副心不在焉樣子，那雙光溜溜的無毛大手在動著，他身上所穿的灰色法蘭絨外衣袖子超出裡頭襯衣的袖子許多，蓋住了手腕，這讓他的手顯得很短。他雙手緊緊抓著夾在他兩個膝蓋之間的小帆布袋，以致沒注意到在他手上游移不定地溜來溜去的那隻蒼蠅。

突然之間，大家很明顯聽到一陣強風打在車子身上的聲音，瀰漫在車子四周圍的霧更濃了，現在沙子一把一把打在車窗上，好像許多看不見的手抓著沙不斷打過來。那隻蒼蠅抖動一下翅膀，雙腳也動了一下，飛走了。公車慢了下來，看樣子好像就要停下來，這時風停了，霧也散去了一些，車子慢慢又動了起來。車外的光線映照出瀰漫在塵埃裡的鄉下景致，兩或三棵細長灰白的棕櫚樹，看起來像是被切開的金屬片，反射在車窗上面，但很快又不見了。

「什麼鬼地方！」馬歇爾說道。

公車上坐滿了阿拉伯人，每個人都把頭縮進斗篷裡，閉上眼睛做睡覺狀，其中有幾個還把腳擱在座位上，隨著汽車的抖動而不停跟著晃動著。這些人的沉默和漠然表情終於讓賈琳娜感到透不過氣來，她感覺和這群沉默的傢伙已經一起旅行好幾天了，事實上他們的汽車才在黎明時分從鐵路終點站出發，到現在也才過了兩個鐘頭而已。他們的車子在寒冷中慢慢前進，沿途經過一片荒蕪的高原地區石頭路，一路往前延伸到遠處的紅色地平線上。然後起風了，慢慢吞噬了前方整個漫無邊際的延長線，從這個時候起，旅客再也什麼都看不到，他們一個接一個都被扼殺了，好像靜靜航行在黑夜裡，只能有時用手抹抹嘴唇或是被鑽進車裡的風沙刺激得睜不開的眼睛。

「賈琳娜！」賈琳娜被她丈夫這麼一叫，嚇了一跳，隨後又想到，像她這麼高大的女人，取這樣的名字，實在顯得有些滑稽。馬歇爾想知道裝樣品的小箱子放在什麼地方，賈琳娜用腳在座位底下摸索了一下，碰到一樣物品，她確定那就是那個小箱子。她不能彎下來，因為只要稍微一彎身就會喘，她在讀初中時，還是體操課上的第一名，氣是很足的。那是多久之前的事了？二十五年前。二十五年不算什麼，她想起之前還在為選擇自由生活或婚姻而猶疑不定時，感覺不過是昨天的事情而已，她當時也痛苦想到，自己有一天會像現在這樣孤獨變老，感覺起來，一樣是昨天的事情。她並不孤獨，她旁邊這位學習法律的學生和她始終相伴，此刻就坐在她旁邊。她最後接受了他，儘管他有點矮小，她也不太喜歡他那貪婪而急促的大笑，還有那雙凸出的黑色眼睛。但她喜歡他在這個國家裡和法國人一起生活的勇氣，她也喜歡他的期盼被人或事欺騙時，所流露的一副被擊垮樣子，她期待被愛，而他總是能夠讓她沐浴在這種孜孜不倦的愛當中，讓她經常感覺她是為了他而存在，他讓她感覺實實在在存在著，不，她並不孤獨……

這時車子猛按喇叭，正在穿越一條有許多障礙物的車道。車內的人都坐著一動不動，賈琳娜發現每一個人都在看她，她把頭轉向走道另一旁座位上的那個人，這不是一個阿拉伯人，賈琳娜很驚訝出發時怎沒注意到。他穿著法國撒哈拉兵團的軍人制服，還戴著一頂灰褐色帆布軍帽，長著一張像豺狼一般的瘦削棕褐色長臉。他用明亮而陰鬱的雙眼瞪著她看，她突然感到不好意思，趕快把臉轉回她丈夫這邊，他一直望著前方，看著外面的濃霧和風沙。她縮到她的大衣裡面，然後又轉頭看這位法國士兵，他的身形很瘦削，上身穿著束緊腰部的上衣，看起來全身像是由乾癟而易脆的物質所築成，像是沙子和骨頭的混合。就在這時候，她注意到阿拉伯人瘦削的手和炙熱的臉龐出現在她面前，身上穿著寬大蓬鬆的衣服，他們坐到她和丈夫剛剛所坐的位置上，她把大衣的下襬往外拉，弄得蓬鬆些，然而她並沒那麼肥胖，也許說得上是高挑和豐滿，甚至是肉感，會讓人想入非非——在男人的目光注視下，她可以感覺得出來——她的臉龐看起來充滿稚氣，眼睛清新明亮，和她那微熱而慵懶的高大身材互相輝映著。

不，她以為會發生的事情並沒發生。這次馬歇爾要帶她一起出外巡迴旅行時，她起先還推辭不肯。對這次旅行，馬歇爾已經想了很久，從戰爭一結束一切業務恢復正常時，他就已經在想了。早在戰爭之前，他為了從父母手中接下這個布匹小生意，還放棄他的法律學業，不過他把接下來的事業做得很有起色。他們常去海邊，那段日子說得上是他年輕時代的一段快樂時光，然而，他並不喜歡耗費體力的工作，因此不久就再也不帶她去海灘了，家裡那部小車除了禮拜天帶他們四處走走看看之外，就再也難得開出城外。其他時間他寧可待在店裡和那些五花十色的布匹為伍，店鋪座落在半土著和半歐洲地區的一條拱廊底下，店鋪上面有三個房間當作住家，室內裝飾著阿拉伯掛毯和巴貝斯家具，他們沒有小孩，就在窗簾半開半閉的昏暗中，幾年的光陰過去了。夏天、海灘、散步道及天空等等，現在都距離他們很遙遠，現在對馬歇爾而言，只有做生意才會感到興趣，她現在終於可以相信，他的真正熱情所在就是金錢，她不喜歡這樣，可是又不太知道為什麼，總之，她自己也有受惠。他並不小氣，剛好相反，他很慷慨，特別是對她。「如果我發生什麼不測，」他說：「你才能有依靠。」的確，必須有依靠的東西才行，至少，從誰那裡可以得到最基本的依靠呢？她隱約可以感覺到這點，因此，她會幫馬歇爾為店鋪管帳，有時也幫忙他接待客人。最難過的是夏天，燠熱的天氣真能把溫和的煩悶感覺也抹殺了。

突然之間，就在盛夏的大熱天裡，戰爭爆發了，馬歇爾被動員從軍，布匹的貨源中斷，生意全部停頓，所有街道都荒棄了，又十分燠熱。她突然感覺到，這時如果發生什麼不測，她將無所依靠，因此戰爭一結束，布匹生意一恢復，馬歇爾就決定自己去高地和南方的村莊販賣布匹，避去中間商這一關卡，直接把貨賣給阿拉伯銷售商人，他想帶她一起去，她知道溝通會有困難，她感覺呼吸不順暢，她寧可在家等他，但他堅持要她去，她最後只好接受，因為要拒絕的話，必須大費口舌。現在他們來了，其實，情況並沒有她先前所想的那個樣子，她只是害怕熱，一大堆蒼蠅，還有充滿茴香酒味的骯髒旅館。她沒想到冷的問題，刺骨的寒風，以及像極地那麼冰凍和荒涼的高原，她倒是想過棕櫚樹和溫和的風沙，她現在所看到的，放眼望去，盡是一片荒漠，還有石頭，到處是石頭，連在空中飄揚的冷風都夾帶著石頭的粉末，地上什麼都沒有，只有長在石縫中的一些禾本科植物。

汽車突然停了下來，司機對著後面用一種她一天到晚在聽卻永遠搞不懂的語言說了幾句話。「怎麼了？」馬歇爾問道。這時司機用法語又說了一遍，他說化油器被沙子堵住了，馬歇爾又再詛咒了一遍這個地區。司機露出牙齒笑了笑，保證說這沒什麼，他立刻去清理一下化油器，弄好了大家馬上可以再上路。他打開車門，一陣冷風立刻撲進車裡，幾千顆沙粒同時打在他們臉上，所有阿拉伯人都趕快把鼻子埋進斗篷裡，縮成一團。「關上車門！」馬歇爾喊道，司機走回來，笑了笑，從容不迫逕自去儀表板底下拿出一些工具，然後車門也不關又走開了，往前面走去，消失在濃霧中。馬歇爾嘆了一口氣，「我跟你保證，他一輩子沒見過汽車的發動馬達。」「不管他了！」賈琳娜說道。突然，她大吃一驚，就在靠近車子旁邊的路旁坡堤上，她看到幾個蒙著黑色面紗的人影站在那裡，一動不動，他們都披著連著帽子的斗篷，背後還繫著帆布做的防護布，大家只能看到他們的眼睛。他們就靜靜站著，不發一語，沒有人知道他們從哪來，他們一直瞪著車內的旅客看。「一群趕羊的！」馬歇爾說道。

車內鴉雀無聲，每位旅客都低下頭，好像在聽風的聲音，這風在這崎嶇難行的高原上肆無忌憚咆哮著。賈琳娜突然大驚，發現所有的行李都不見了，然後才想起，在鐵路終點站出發時，司機已經把他們的大小行李都綁在車頂上了，車上的行李網架只放些多節的木棍和小簍筐，看來這些南方人旅行時是從不帶行李的。

這時司機回來了，動作敏捷，一樣從容不迫，臉上包著一塊帆布，只露出兩隻笑瞇瞇的眼睛，他上車後關上車門，宣布大家可以上路了。風沙吹得更猛烈，大家聽得更清楚像驟雨一般的沙子擊打在車窗玻璃上面的聲音。引擎發動了一下又立刻熄火，發動機不斷繼續擊發，引擎終於動了，司機一直踩加速器上油，車子打了一個嗝兒，終於啟動離開了。那群衣衫襤褸的牧羊人依舊動也不動矗立在那裡，有人還舉起手揮動著，然後漸去漸遠，直到他們全部消失在濃霧之中。不久車子來到一段崎嶇難行的顛簸路段，車上每個阿拉伯人都搖晃個不停。賈琳娜這時感覺有一股睡意襲來，卻就在這當兒，她面前突然出現一個黃色小盒子，裡頭裝著兒茶糖，那個臉龐長得像豺狼的法國士兵正在對著她微笑著，她遲疑了一下，拿了一塊並說了聲謝謝，豺狼把盒子放入口袋並突然收起他的笑容，眼睛直盯著前方道路看。賈琳娜轉向馬歇爾那邊，只看到他那堅挺的頸背，他正望著從脆弱的路旁坡堤逐漸上升的更濃的霧。

他們繼續行走了幾個鐘頭，他們在車內早已疲憊不堪，無精打采，就在這時，車外傳來一片喊叫聲，幾個穿斗篷的小孩，圍在車子旁邊跑著，像陀螺一般對著他們轉著跳著，還不停拍著手。現在車子來到一條長長的街道，街道兩旁布滿低矮的房子，大家進入了一個綠洲。風還在颳著，因為牆壁擋住了風沙的沙粒，整個光線看起來比較亮一些，但天空還是一片陰沉。在一片喊叫聲中，汽車發出一聲尖銳剎車聲，停在一家旅館拱廊前面，拱廊是用黏土築成，旅館的玻璃很髒。賈琳娜走下汽車，來到街上，她感覺有點重心不穩，她從一些房子的屋頂上方，可以看到一座清真寺纖細的黃色尖塔。在她左邊，是綠洲第一批棕櫚樹，分成兩排矗立著，她很想過去看看，但是現在即使已經接近中午，氣溫還是很低，而且冷風颼颼，讓她不停發抖。她決定回去馬歇爾那裡，她首先看到那位法國士兵往她這邊走來，她正準備迎接他的微笑或是他的致意，他從她身旁走過，連看她一眼都不看，然後消失不見了。馬歇爾正在忙著從車頂上卸下裝布匹的箱子，還有一個黑色小旅行箱，看樣子這可不是一件簡單差事。司機一個人卸下一些行李箱，他的工作已經完成，他站在車頂上和圍在車子旁邊一些穿斗篷的人高談闊論。賈琳娜此刻正被一群瘦骨嶙峋的人圍著，他們不斷對她發出低沉的叫聲，她突然覺得很累。「我先進去了。」她對馬歇爾說道，他正很不耐煩地在跟司機不知道說些什麼。

她走進旅館，老闆是個瘦削的法國人，看起來不愛說話的樣子，他來到她面前，直接帶領她到二樓，來到一條面臨街道的走廊，然後進入一個房間。整個房間只有一張鐵床，一張塗有白色瓷漆的椅子，一個沒有帘布的壁櫥，後面還有一架畫有蘆葦的屏風，浴室的洗臉盆上頭還覆蓋著一層細細的塵沙。當老闆關上房門離開之後，賈琳娜感覺到一陣來自像石灰一樣白色的光禿禿牆壁的寒冷，她不知道手提袋要擱哪裡，也不知道自己要怎麼辦，躺下來也不是，站著也不是，不管做什麼，都是冷得發抖。她選擇站著，手提袋拿在手裡，她望著天花板旁邊一個類似槍眼的圓洞，望向天空。她在等待，卻又不知道在等待什麼，她只感覺到孤單，以及徹骨的寒冷，還有那壓在心頭的重擔。她陷入了白日夢，根本不去注意從樓下傳來的雜音，只聽到馬歇爾在亂喊亂叫，她現在反而聽得很清楚從槍眼口傳來的河流的水流聲音，那是風從棕櫚樹那裡製造出來，然後帶過來，這時感覺和她那麼接近。這時風吹得更猛，水流的溫和聲音更是滔滔不絕。她想像在這些牆壁後面，有一排棕櫚樹矗立在那裡，挺著或彎著，在暴風中隨風飄揚。沒有一樣東西會和她所想像的一樣，但那些看不見的水流卻使她疲憊的雙眼又再度煥發起來，她直立著，雙手垂下，身體微微彎著，猛烈的風一直從她粗獷的雙腿鑽上來，她想到那些筆直和彎曲的棕櫚樹，還有她年輕的少女時代。

他們盥洗梳妝之後，下樓來到飯廳。餐廳牆上一片光禿禿，只有在那紅紫相間的底部畫上幾隻駱駝和幾株棕櫚樹，拱形的窗子讓幾絲稀疏的亮光透進來。馬歇爾向旅館老闆打聽鎮上幾個商人的訊息，這時一位身著鑲有勳章的軍服上裝的老阿拉伯人來服務他們，馬歇爾等一下要忙著辦別的事，迫不及待撕開麵包就吃，他阻止他太太喝水。「這水沒煮開，喝點酒吧。」她不愛喝酒，酒會讓她頭昏腦脹。菜單上有一道豬肉料理，「《可蘭經》禁止吃豬肉，《可蘭經》並不知道豬肉煮熟了並不會致病，我們和他們不一樣，我們懂得做菜，你在想什麼？」賈琳娜沒在想什麼，也許她此刻正在想廚師如何戰勝了先知，她要趕快吃完飯，他們明天一早就要離開，然後往更南方前進，今天下午還要會見這裡所有重要的商家。馬歇爾催促老阿拉伯人趕快把咖啡送上來，對方點了一下頭，完全沒有笑容，然後邁著小步子離去了。「早上慢慢來，晚上不要吃太快。」馬歇爾笑著說，咖啡終於來了，他們幾乎沒什麼時間喝咖啡，一口喝完就立即來到滿是風沙又寒冷的街道上，馬歇爾雇了一個年輕阿拉伯人幫他抬那口大箱子，他必須當場和阿拉伯人談好價錢，他再一次讓賈琳娜知道，這是原則問題，他們習慣漫天要價，會索取雙倍價錢，事實上只要給他所索取的價錢的四分之一即可。賈琳娜跟在他們兩人後面走著，感到很不自在。她在大衣底下塞了一件羊毛衣，她原來並不想這樣穿，以免身軀顯得太龐大臃腫。剛剛吃的豬肉，即使美味可口，還有所喝的那一點紅酒，現在也一樣讓她感到有點不舒服。

他們沿著一座小公園一路往前走，公園裡頭種滿許多沾著塵埃的樹木，許多阿拉伯人拉著斗篷的下襬和他們擦身而過，卻裝作沒看到他們一般，她發現，這些人即使衣衫襤褸，也要裝出一副高傲樣子，在她所居住城市的阿拉伯人就不會這樣。賈琳娜跟在那口大箱子後面，一路穿過許多人群，等於為她開闢出一條好走的道路。他們經過一道由赭石土所築成的堡壘大門，然後來到一座小廣場，那裡也種滿許多礦物樹，在比較廣闊的廣場邊緣深處則是一些拱廊和商店，但他們停在廣場上面，停在一棟塗著一層藍色石灰的砲彈形建築前面。他們來到門口，準備要進入到裡面房間，裡頭只有一個房間，房間的光源全來自門口那個入口的前門，房間以一塊光亮的紙板隔開，紙板後面坐著一個留著白色小鬍子的老阿拉伯人，他正在泡茶準備招待客人，拿著茶壺在三個雜色小茶杯上面，把茶壺挺高又傾下，往茶杯裡倒茶。他們夫妻還站在門檻上，在這昏暗商店裡還來不及分出彼此之際，一股薄荷味道的清新茶香早已撲鼻而來迎接他們。馬歇爾入得門來，跨過一些裝飾著花環的錫壺、杯子和裝滿風景明信片的盤子，來到了櫃檯。賈琳娜沒跟進來，她待在門口，還往旁邊挪了一點點，以免擋到光線，這時她注意到在那老商人背後的陰暗處，有兩個阿拉伯人正在看著他們並對他們微笑，他們坐在一些鼓起來的袋子上面，這樣的袋子塞滿房間的整個後面。牆上掛滿了紅色和黑色的毯子，以及繡有花樣的頭巾，地上堆滿袋子和裝滿香味撲鼻的小穀物的小盒子。在櫃檯上面，在一架裝有閃閃發亮的銅製碟盤的磅秤和一把刻度已磨損的舊米突尺旁邊，堆放著一些圓錐形糖塊，其中有一包用大張藍色紙張包裝的已經解開，堆成一堆擺在那裡。羊毛和香料的香味瀰漫整個房間，等老商人把茶壺擺到櫃檯上時，又飄來另一層茶香的香味，他跟他們致意問好。

馬歇爾迫不及待開口說話，以他在談生意時慣有的低沉聲音說明他的來意，隨後他打開他那口大箱子，把櫃檯上的磅秤和米突尺往旁邊推開一點，以便在老商人面前展現他所帶來的布料和頭巾。他感到有點有氣無力，就提高聲量，露出很不自在的笑容，好像一個女人很想取悅他人，自己卻完全缺乏自信那樣。現在，他把兩手完全攤開，全心全力投入這樁買賣當中，老商人搖搖頭，把盛茶的盤子遞給後面的另外那兩個阿拉伯人，還跟他們說了幾句話，馬歇爾頓時感到很沮喪，他把那些布料塞回箱子裡面，然後用手抹去額頭上不知什麼時候流下來的汗珠。他把幫忙抬箱子的阿拉伯小弟叫過來，他們離開前往拱廊那裡，在第一家店裡，雖然店主一開始一樣裝出一副高傲模樣，他們最後竟然還是以愉快收場。「他們以為他們是上帝，」馬歇爾說道，「但他們也得有東西賣啊！生活是艱難的。」

賈琳娜跟在後面走著，沒有回答，風差不多已經停了，天空也放晴了一些，一道冷冷的閃亮的光芒穿過厚厚的雲層，灑射了下來。他們現在離開了廣場，他們走過幾條小街道，兩旁都是土牆，上面懸掛著已經枯萎掉的十二月玫瑰花，或是已被蟲子啃食得乾枯的番石榴。灰塵和咖啡的香味、燒樹皮的焦味，還有石頭和綿羊的特別味道，在這個地區到處瀰漫著。許多商店都窩在牆腳一隅，還互相隔開一些距離。賈琳娜感覺雙腿有點沉重，但她丈夫重新獲得信心，東西開始賣出去了，心情變好了，脾氣也跟著變隨和了，他叫賈琳娜為「小親親」，這趟旅行不能說沒有用了。「當然，」賈琳娜說道：「最好能夠和他們直接打交道。」

他們走另外一條街道回到市中心，一個下午已經過去了一大半，現在天空也差不多整個放晴了。他們在廣場上停了下來，馬歇爾兩手互相搓著，溫柔地對著他們面前這個箱子沉思。「你看，」賈琳娜說，從廣場另一端走來一個高大的阿拉伯人，瘦削，神采奕奕，身上披著一件天藍色斗篷，腳上穿著黃色軟皮靴子，手上戴著手套，一張像鷹勾嘴那般的青銅色臉龐，頭上還纏著頭巾，除了這個，要不然他看起來就很像法國殖民地土著事務部的高級官員了，賈琳娜有時還滿崇拜這一類官員。他現在一直朝他們這邊的方向走過來，目空無人，睥睨一切，把一隻手上的手套摘下來。「嘿，」馬歇爾聳了一下肩膀說：「這裡來了一個自認為是將軍的傢伙。」沒錯，這裡的阿拉伯人大多很高傲，但是這一位的確顯得特別誇張，這裡廣場的空間很大，他卻一直往這個箱子走過來，無視於箱子的存在，也無視於他們的存在，就在他走到快要碰到箱子時，馬歇爾及時抓住箱子的把手，將箱子拉到他後面，這個阿拉伯人若無其事走過去，一路走向堡壘那邊。賈琳娜看著她丈夫，他一副無能為力的挫敗樣子。「簡直是無法無天，這年頭。」馬歇爾說道，賈琳娜不吭聲。她很討厭這個阿拉伯人的愚蠢高傲，她突然感到很不舒服，她很想趕快離開，她現在很想念家裡的小公寓，一想到等一下又要回到旅館那個冰凍的房間，她就覺得很沮喪。她突然想起旅館老闆曾跟她建議去要塞的平台看看，從那裡可以看到一大片沙漠。她跟馬歇爾提起這件事情，箱子可以留在旅館裡，但是他很累，希望晚餐前可以睡一會兒。「喔，拜託！」賈琳娜說道，他看著她，露出體貼樣子。「好吧，親愛的。」他說道。

她在旅館門口的街道上等他，街道上穿白色袍子的群眾越來越多，群眾裡頭竟然沒有一個是女人，她從沒看過像這樣一大堆男人，沒有一個人在看她，他們看起來都很像，每個人都是棕褐色瘦削臉孔，她彷彿看到一張熟悉的瘦削的臉從她眼前晃過，這是今天公車上的那位法國士兵，彷彿也看到剛剛戴著手套的那個狡猾高傲的阿拉伯人的臉，他們看都不看她一眼，高高抬著腳跟無聲無息從她旁邊走過去，她感到很不自在，很想趕快離開這裡，「我來這裡幹嘛？」這時馬歇爾出來了。

當他們踏上要塞的階梯時，已經是下午五點鐘了，風已完全停止，天空一片晴朗，還微微泛著一股湛藍色。寒冷變得很乾燥，刺痛著他們的臉頰。當他們上階梯上到一半時，看到一個年老阿拉伯人伸展著身體靠在牆壁上，問他們需不需要有人帶路，問的時候動都不動一下，好像早就知道這一問一定會被拒絕。階梯很長，也很陡峭，在每個轉彎處有個從地面上築起的平台。他們越往上爬，空間越開闊，光線也越明亮，但也感覺越冷越乾燥，同時間好像可以聽到從遠處綠洲傳來的既明亮又純淨的聲音，光亮的空氣好像在他們四周圍震盪著，隨著他們越往上爬，震盪的感覺拉得越長，好像在他們爬階梯的過程中，在這透明的光線上面自動產生一種聲音的波浪，不斷擴大。就在他們抵達最上面的平台時，他們的視線越過一片棕櫚林，望向一片無際的地平線，這時賈琳娜感覺天空爆出一聲巨響，響徹雲霄，頭頂上方迴盪著不絕於耳的響聲，無邊無際，然後突然停止，一切復歸於平靜。

她的視線順著一道完美的曲線，完全沒有阻礙，由東到西慢慢看過去，在她底下，在這個阿拉伯城市藍白相間的陽台上，點綴著一串串紅紅的被陽光曬乾的紅辣椒，那裡看不到半個人，但是從院子裡面卻不斷飄出烘烤咖啡的煙霧香氣和笑鬧聲，以及不知在搞什麼名堂的頓腳聲音。稍遠的地方是一片棕櫚林，由黏土築成的圍牆將之隔成幾個大小不等的方塊，棕櫚樹的樹梢在風的吹拂下沙沙作響，這時候在平台上反而感覺不到什麼風。更遠的地方則是一大片紅灰相間的石頭，一直蔓延到天際的地平線，那裡完全看不到任何生物。距離綠洲不遠的地方，在一條岸旁種有棕櫚樹的乾涸河流旁邊，靠西邊的地方，可以看到幾個大的黑色帳篷，旁邊有一群站著不動的單峰駱駝，從遠處看過去，顯得非常渺小，牠們站在灰色土壤上，形成某種奇怪文字的特殊記號，恐怕需要有人來解碼。在整個沙漠上方，一如外太空，是一片廣袤無邊的寂靜。

賈琳娜把整個身體靠在欄杆上，默不作聲，她無法從她眼前的廣袤世界抽身，馬歇爾在她旁邊走來走去，他說他覺得冷，很想下去，這裡有什麼好看的？但是她的視線一直捨不得移開地平線，在那裡，往更南的地方，天空和地面連成一線，一條清晰明朗的線，她突然覺得，一直到今天為止，那裡有某樣她不知道的東西正在等著她，而那正是她所欠缺的東西。一個下午在慢慢流逝，陽光越來越稀薄，像一個結晶體慢慢融化開來。一個女人的內心在一個純偶然的機會被帶來這裡，她過去的歲月、習慣和愁悶，都在這裡慢慢解開了。她望著這些遊牧民族的帳篷，她從未見過生活在那裡面的人們，那些黑色帳篷也總是沒什麼動靜，但她老是想著他們，直到今天為止，她都還不知道他們的存在。沒有屋子，與世隔絕，他們只是在她目光所及的這塊廣闊土地上遊蕩和生活的一小群人，比起其他更廣闊的空間，一直令人目眩地往南延伸幾千公里，直到碰到第一條河流及其所灌溉的森林為止，他們只是其中一個部分而已。許久以來，有多少人不斷在這塊乾癟而被剝削得體無完膚的土地上流離遷徙，他們一無所有，卻不卑躬屈膝，仰人鼻息，他們是一群奇怪王國裡貧窮而自由的貴族。賈琳娜一想到這個，一股溫柔的濃烈愁緒不禁湧上心頭，她閉上了眼睛，她知道只有這個王國才是真正應許給她的，然而卻又永遠不屬於她，永遠不會，除非在這短暫的瞬間裡，她睜開眼睛望向突然靜止下來的天空，望向凝結的光之流動，底下阿拉伯城市裡的吵雜聲突然停止。她這時會感覺整個世界停止運作，從這時起，沒有人會變老，也沒有人會死去，在所有地方，生命都停頓了，除了在她內心深處，在此一同時，有人正在為痛苦和驚喜而哭泣。

這時光線正在開始移動，清晰明朗，太陽的熱度也慢慢在消失，逐漸西沉，還殘留著紅光，在東方形成一片灰色的波浪狀，正準備要慢慢無止境拓展。遠處有一隻狗在叫著，狗叫聲瀰漫在整個空氣當中，越來越冷了。賈琳娜發現她的牙齒正在打顫。「累死人了，」馬歇爾說道：「你真傻，我們回去吧。」他很笨拙地牽起她的手，她這時顯得很溫馴，從欄杆轉過身來，跟在他後面。階梯上的那個老阿拉伯人還在那裡，一動不動，望著他們往市中心方向走去。賈琳娜一路往前走著，路上沒看到半個人，由於太累的關係，她顯得有點挺不起來，她身體的重量顯得有點不勝負荷，剛才的興奮情緒已經離她遠去，對她剛剛進去的世界而言，她現在顯得太高大、太厚重，也太空洞。一個小孩，年輕的女孩，一個枯瘦的男人，鬼鬼祟祟的豺狼，只有他們能夠在這世上苟延殘喘，往後還要在這裡做什麼？如果不是去睡覺，要不就是去死？

她拖著緩慢步伐走著，一直到旅館，她丈夫在後面默默跟著，也許他有說他很累。她覺得她感冒了，甚至還開始在發燒。她終於回到了床上，馬歇爾也跟著一起回到了這裡，他什麼話都沒說並熄掉了電燈。房間很冰凍，賈琳娜覺得全身發冷，發燒也越來越高，她感到呼吸困難，血液的流通並未為她暖身，她感到越來越害怕，她翻過身來，她的重量壓得這張老鐵床吱吱作響。不，她不想生病，她的丈夫已經睡著了，她也應該要睡了，非睡不可。樓下令人窒息的吵鬧聲像謀殺一般不斷傳到她這裡，摩爾人開的咖啡館裡頭的留聲機不停發出低沉鼻音的曲調，她覺得有點熟悉，這時卻顯得吵雜。該睡了，但她老是想著黑色帳篷，還有那些站在那裡一動不動的駱駝，一股巨大的孤獨感籠罩她全身。是的，她為什麼要來這裡？她在這樣不斷自問中睡著。

隔了一會兒她又醒了過來，四周圍寂靜無聲，但是在接近市郊的地方，在這寂靜的夜裡，有些狗一直狂吠個不停，讓她覺得害怕不已。她又翻了一個身，感覺她的肩膀和丈夫堅硬的肩膀碰在一起，突然之間，在半醒半睡狀態下，她不自覺就蜷縮在他懷裡，她一直沒真正入睡，在恍惚中就貪婪地抓住他的肩膀，好像進入一個避風港，覺得很安穩。她感覺自己在講話，嘴巴卻沒吐出聲音，她在講話，卻是在自言自語，她只感覺到馬歇爾身上的熱氣。二十幾年來，每個晚上，不管是生病或旅行，都躺在他的熱氣當中，就像現在這樣……要是單獨留在家裡，她能夠怎麼辦呢？沒有小孩！她所欠缺的不正是這個？她不知道，她就是一直跟著馬歇爾，如此而已，她很高興知道有人少不了她，除了被他需要，她未曾帶給他任何別的樂趣。毫無疑問，他並不愛她，愛，或甚至恨，都不是這副皺著眉頭的臉孔，什麼樣的臉孔？他們只有在夜晚的時候，在黑暗中摸索，互相看不到對方，這時候才相愛。有沒有另外一種愛，不是在黑暗中摸索，而能夠在大白天大聲呼叫出來？她不知道，她只知道馬歇爾需要她，而她需要這種需要，日夜依賴這個而活，特別是夜裡，每個晚上當他不想孤獨一個人，不想衰老不想死掉的時候，這時候他就裝出一副賭氣樣子，這種樣子她有時候也會在一些男人的臉上看到，這是這些瘋子的共同表情，隱藏在他們的理性底下，直到他們發飆，在沒有慾望之下不顧一切投身到某個女人身上，藉此來逃避孤單和夜晚所帶給他們的恐懼。

馬歇爾動了一下，好像為了避開她一般。不，他並不愛她，但他就是要她而不要別人。許久以來，他們兩人早就應該分開而不要睡在一起，但是有誰能夠永久單獨睡覺？有些人的確這麼做，他們也許出於神聖的召喚或是不幸的理由，和他人斷絕往來，每天晚上單獨一個人睡同一張床，像是跟死亡共眠一般。馬歇爾永遠不會這樣做，他是個脆弱而沒有防衛能力的小孩，他會經常因痛苦而驚惶失措，他就像是她的小孩，他極需要她。就在這時，他發出了一聲呻吟，她把他摟得更緊，把手放到自己的胸膛上面。在她內心裡，她叫著她以前給他取的小名，只有在他們兩人之間才這麼叫，可是久而久之，他們已經忘了這個小名的含義所在了。

她真心真意再叫一次他的小名，她的確也是需要他，需要他的力量，還有他的一些小怪癖，她自己也是很害怕死亡。「要是我能克服這恐懼，我將會很快樂……」然而另一股無名的憂愁立即入侵，她想擺脫馬歇爾。不，她無法做到，她會很不快樂，她會死掉，永遠得不到解脫。她的心情很不好，她突然發現，過去二十年來，她一直被一個重擔壓得快要喘不過氣來，她現在努力在為擺脫這個重擔而掙扎不已。她想要獲得解脫，即使馬歇爾和其他人永遠做不到！她再度醒過來，她從床上坐起來，傾聽那越來越靠近的召喚。在這黑夜的盡頭之際，她只聽到從綠洲那頭傳來的稀疏而不知疲倦的狗叫聲音，這時微風吹拂，她彷彿也在風中聽到棕櫚林那頭的潺潺流水聲，這風起自南方，那裡的沙漠和夜晚在凝固的天空底下混雜在一起，在那裡生命已經停止，人們不再衰老或死亡。隨後風裡的水流聲停止了，她不太確定她有否再聽到什麼，除了那無聲的召喚，但這召喚她可以隨意加以停止或是加以領略，她必須立即給予回應，如果不這樣，她將永遠無法領略其中真義。立即，是的，至少這一點是確定的！

她輕輕起床，站在床旁，一動不動，注意傾聽她丈夫的呼吸聲音。馬歇爾正睡著，一會兒工夫之後，床上的熱氣已經從她身上消失，寒冷又再度攫住了她。

她在百葉窗滲透進來的街燈微弱光線底下摸索著找她的衣服，然後慢慢穿上衣服，手上拎著鞋子，她走到房間大門，在黑暗中停頓了一會兒，輕輕轉動門把，轉動門把時發出了一點聲音，她又停了一下，她的心臟猛烈跳動著，她豎直耳朵仔細聆聽，確定沒什麼其他聲響，她繼續轉動門把，門把的轉動好像沒完沒了，終於還是把門打開了，她走出去並小心翼翼把門關上，然後把臉貼在門上，等了一下，她感覺可以聽到馬歇爾的呼吸聲音，然後轉身沿著走道快步跑去。樓下旅館的大門已經關上，她走過去轉動門鎖時，守夜的人出現在樓梯口上端，和她講了幾句阿拉伯語。「我等一下回來。」賈琳娜說道，接著就轉身投入了夜裡。

閃閃發亮的星星光環從黑暗的天空中投射在棕櫚樹和屋頂上方，她在短促的大道上沿路奔跑，這條大道通往要塞，現在路上半個人都沒有。寒冷現在不用和太陽對抗，瀰漫著整個夜裡，冰冷的空氣在她肺內燃燒，她處在半盲狀態，在黑暗中奔跑著。在大道的終點地方出現了亮光，光線以鋸齒形方式向她投射過來，她停下來，感覺聽到一堆飛翔的昆蟲在嗡嗡叫的聲音，亮光越來越膨脹，緊跟著出現一些巨大的斗篷，底下是閃閃發亮的纖細的腳踏車車輪，巨大斗篷在她旁邊輕輕掠過，在她背後的一片黑暗中冒出三個火球，一瞬間又消失了。她繼續往要塞的方向跑去，她爬上階梯一半時，由於肺部的熱氣變得更加激烈，她不得不停下來，最後不顧一切衝向平台上，往欄杆靠了下來，用肚子頂著欄杆，氣喘如牛，眼前一片模糊。跑步並沒有讓她全身熱絡起來，四肢還是冷得抖個不停，她在跑動時所吸收進去的冷空氣在她體內規則性地流動，在顫抖之時，慢慢激發出一股微末的熱氣，她最後睜大眼睛，望向這夜裡的廣袤空間。

沒有氣流，也沒有聲音，只有由於天太冷，把石頭擠壓成沙子的窒息爆裂聲，但也不會干擾到賈琳娜四周圍的孤寂和靜默。隔了一會兒，她突然感覺到她頭頂上方的天空重重迴轉了一下，在這凝重的乾燥寒冷夜裡，千百萬顆星星在遠方天空不斷形成，閃爍發亮，然後很快又無聲無息掉落在遠方的地平線外。賈琳娜忍不住注視著這些四處飛竄的火光而陷入沉思，這些現象令她想到自身存在最深沉的那一面，而此刻她正在為寒冷和慾望奮戰著。在她面前，這些星星一顆一顆殞落，然後在沙漠的石頭中間熄滅火光，這時她就更睜大眼睛去注視夜裡的一切。她呼吸著，她忘記了寒冷和生命的沉重，也忘記了錯亂和凝固的生活，還有對生存和死亡的憂愁。過去這些年來，戰戰兢兢，漫無目標瘋狂亂跑亂鑽，現在終於停了下來，也終於找到了自己的根，她的身體再度滋生出元氣活力，不再顫抖。她的肚子用力頂著欄杆，整個人面對天空伸展著，她在等著一顆焦躁的心靈平靜下來，讓寧靜在她身上發揮作用。星座上最後的星星整串整串的落得更低，到沙漠的地平線上，然後一動不動。夜晚的水氣以極大的溫柔籠罩在賈琳娜身上，淹沒了寒冷，一步一步上升到她整個身體的陰暗核心，充滿她的整個內在，直到她的嘴巴發出叫聲。不一會兒，她躺到了地上，整個天空在她上方伸展了開來。

賈琳娜回來的時候，馬歇爾還沒醒來，她和先前出去時一樣，小心翼翼開門進來。她躺下來時，他發出了一聲低沉的叫喊，不過一晃眼工夫，他坐了起來，並說了話，她不知道他在說些什麼，他下床打開燈，她感到燈光很刺眼。他下床搖晃著走去洗臉盆，他在那裡找到一瓶礦泉水，慢慢喝了起來。他回來時一隻腳跨到床上，正準備要鑽入棉被時，他瞪著她看，覺得有點莫名其妙。她在哭，早已淚流滿面，無法控制。「沒什麼，親愛的，」她說道：「沒什麼。」

叛教者或精神錯亂的人

「真是一團混亂，真是一團混亂！我必須好好整理一下我的腦袋了。自從他們割掉我的舌頭之後，有另一個舌頭，我搞不清楚，在我頭顱裡面又不停活動了起來，有東西在講話，也許有個人在講話，他有時候會突然停下來，然後又開始。喔，我聽到太多東西了，卻講不出來，真是一團混亂。只要我嘴巴一張開，就會傳來像是許多小石子在滾動的聲音。秩序，秩序，舌頭說道，它同時還說了一些別的東西，是的我向來就要求秩序。至少有一件事情是確定的，我正在等一位傳教士來取代我的位置，我正在一條小徑上面，距離塔加薩有一個鐘頭路程，我藏身在一堆崩落的岩石之中，坐在一把舊步槍上面。太陽早已升起照耀在沙漠上，天氣還是很冷，但等一下就會變得很熱，這塊土地已經瘋掉很久了，有多少年我實在已數不清了……不，還要再努力！傳教士應該今天早上抵達，或是今晚，我聽說他會和一個嚮導一起過來，他們可能兩個人騎一頭單峰駱駝一起過來。我會等，我在等，冷，我已經冷得發抖，耐心地等，卑鄙的奴隸！

「我已經忍受了很久，我以前在家的時候，我的父親很粗魯，母親很野蠻，每天喝酒和肥豬肉湯，特別是喝酒，又酸又冷的酒。還有漫長的冬天，冰凍的寒風，到處的雪堆，令人討厭的蕨類植物。喔，我就是想離開，突然離開他們，然後開始生活，生活在陽光底下和清澈的流水旁邊。我很相信一位神父，他老是跟我談到修道院，他每天照顧我，在這新教地區，他有的是時間，他每次經過村莊時就把村裡的圍牆弄倒。他也常常跟我談到我的未來和太陽，天主教就是太陽，他這麼說。他要我讀書，他把拉丁文重新帶回我那堅硬的腦袋：『這小孩很聰明，可惜像頭騾子。』我的腦袋瓜就是因為很堅硬，在我一生當中雖然跌過無數次，可卻從未流過血：『這是顆牛頭。』我那豬頭父親這樣說。我進了修道院，在這新教地區，能夠招到一個新人進入天主教修道院，他們覺得很得意，他們把我的加入看成像是奧斯特利茲的太陽，是一大勝利。這倒是一個蒼白的太陽，因為喝了太多的酒，他們不停喝酸酒，把他們小孩的牙齒都蛀蝕掉了，啦，啦，去殺他的神父，這是一定要做的事情，不會有危險，事實上他早就死了，因為他一直投身在傳教工作上，酸酒早已在他的胃部穿了一個孔，現在剩下要做的是去殺那個傳教士。

「我有一筆帳跟他以及他的大師和我的大師要結清，他們都欺騙了我，還有那醜陋的歐洲，每個人都欺騙了我，他們每個人口裡都掛著傳道這兩個字，來到野蠻人那裡，跟他們說：『這裡是我的上帝，大家看著他，他從不打人，也不會殺人，他會用很溫和的聲音下達命令，他會把另一邊的臉頰靠過來，這是所有天神裡頭最偉大的一個，大家選擇他吧，你們看我因為選擇了他而變得更好，你們冒犯我，我不會反擊，這就是證據。』是的，我相信了上帝，啦，啦，我覺得我變好了，也變胖了，甚至變帥了，我可以接受任何的冒犯。在夏天的時候我們來到法國南部的格勒諾柏爾，頂著大太陽，大家穿著黑袍子手緊拉著手列隊在街上往前行進，我碰到了一些穿著輕便袍子的姑娘們，我並沒轉頭去看她們，我鄙視她們，我等著她們來冒犯我，結果她們只是對著我笑，我當時心裡在想：『打我吧，在我臉上吐口水吧。』然而她們的笑卻像張牙舞爪般撕裂著我，對我的冒犯和帶給我的痛苦顯得那麼優雅。我的老師不明就裡，對著我說：『別難過，你身上還有一些好處。』一些好處！我的身上只有酸酒，就只有這個，這倒好，一個人如果不壞，怎麼能變得更好，他們教導的我全都懂，我只要抓住一個念頭，就像一頭聰明的騾子一樣勇往直前。我迎接苦修，讓自己顯得不凡，最後我成為模範，讓大家刮目相看，大家卻經由我向那位使我變得更好的人致敬，那個人就是我的上帝。

「野蠻的太陽！上升了，整個沙漠變了，再也沒有山中兔子花的顏色。喔，我的山巒，還有那雪，溫馨柔軟的雪，在這令人頭暈目眩的光芒四射的特殊時刻裡，並不是原來黃中帶灰的顏色。在我面前，一直延伸到遠方地平線，什麼都沒有，什麼都看不到，只有一個高地掩沒在淡淡色澤的光圈中。在我後面，一條小徑一直往上延伸到一個沙丘上面，掩蓋著另一頭的塔加薩，這個像鐵一般的名字多少年來始終不停敲著我的腦袋。第一個跟我提到這名字的人是一個已退休住到修道院的眼睛半盲的老神父，為什麼他會是第一個，他的確是第一個，也是唯一的一個。這可不是一座鹽城，白色的城牆在酷熱陽光照耀下，閃閃發亮，有關這個城市的故事很令我訝異，那裡的居民都很野蠻，也很殘酷，他們不讓任何外人進入，有一個外人曾經企圖進入，他是獨獨唯一一個，他後來告訴我們有關他看到的一切。他們抓到他後首先鞭打他一頓，然後在他的傷口上面和嘴巴裡撒鹽，他們在沙漠上追著他跑，他在那裡遇見了一些遊牧民族，他們很同情他，就收留了他。我對這個故事很著迷，在鹽巴和天空的火焰底下，在他們所崇拜偶像的屋子裡，是那麼野蠻，卻又那麼令人興奮，是的，我要去那裡傳教，我要去那裡對他們介紹我的上帝。

「在修道院裡他們不斷勸我不要去，至少再等一等，那裡不是傳教的地方，我還不夠成熟，我還要再好好準備一番，先知道我是誰，我必須先好好自我磨練，到時候看看情況怎麼樣再講！我就一直等著，啊，不，是的，他們這樣要求，好好準備並自我磨練，我就在阿爾及爾就近接受這些訓練，除此，我一概搖頭不加理會，我不斷強調，我要去蠻荒地區，和他們一起生活，甚至在他們供奉偶像的屋子裡昭告他們，讓他們知道，只有我的上帝才是最強的。當然，他們會冒犯我，但我並不會因此而害怕，在論證示範的時候碰到冒犯是難免的，比如我會遭遇他們在態度上的抗拒，可我會像強力的太陽那樣去征服這些野蠻人。權力，是的，正是這個字眼使得我的舌頭滾動起來，我曾經夢想絕對的權力像什麼樣子，就是讓他們屈膝跪地，讓對手屈服投降，最後讓他們改變信仰。你的對手越是固執不肯屈服，越是殘酷和自信滿滿，越是沉浸在他們的信念裡，只要你一旦打敗他們，他們就對你甘拜下風，百般服從。我們的神父向來都是這樣，只要能使稍稍迷失的人改宗信仰我們的上帝，他們就心滿意足了，他們就是這樣，權力很大，企圖心極小，很容易滿足於平庸的理想，我很瞧不起他們，他們缺乏自信，我有自信，我要讓那些殺人不眨眼的傢伙跪地求饒：『上帝，你贏了。』我只須動用我的口舌就打敗了這群凶徒，啊，我只懂得在這方面確定無礙，別的方面可能就沒那麼確定了，但我一旦拿定主意，就絕不放棄，我會一直勇往直前，這就是我的優點，是的，他們都不以為然的最大優點，我讓他們覺得可悲。

「太陽繼續在上升，我的額頭開始在燃燒，我四周圍的石頭開始發出爆裂聲，只有步槍的槍管是涼快的，像草地，像夜裡的雨水。從前，我的父母在慢慢煮湯等我回來，看到我時還會跟我笑笑，我覺得我好像很愛他們。如今這一切都結束了，一股熱氣正從小徑那裡升上來，來吧，傳教士，我正在等你，我現在已經知道怎麼回覆訊息，我的新老師有教我新的教訓，他們說得很對，我要用愛回報他們。當我逃離到阿爾及爾的修道院時，我曾經把野蠻人想像成別種樣子，但事實上他們只有一件事是真確的，那就是他們都很壞。我偷了總務室的錢，脫下道袍，穿過亞特拉斯，越過高地和沙漠，橫越撒哈拉汽車公司的司機揶揄我說：『不要去那邊。』他跟其他人一樣，身經百戰，早已經驗豐富，他說此去幾百公里的沙浪，昏天暗地，逆風行駛，然後在山間行走，山巔一律黑色，山脊尖削如鐵片矗立兩旁，過了群山之後，需要雇一個嚮導帶你一路到布滿棕色小石頭的海邊，無邊無際，一片炙熱，像幾千面鏡子豎立在那裡燃燒著，熱不可擋。然後來到一個黑人和白人交界的地方，那裡是土地的邊界，鹽城就矗立在那裡。半路上嚮導搶了我的錢，我很笨，我竟然在他面前露了白，讓他知道我身上有錢，他還把我揍了一頓。『狗，讓我有榮幸來到這裡，走去那裡吧，他們會再教訓你的。』他們真的教訓了我，喔，是的，他們像太陽一樣，除了晚上，每天很得意驕傲地打我，他們好像從地底冒出的火熱長矛，讓我防不勝防。喔，找躲避的地方吧，是的，找躲避的地方，我就趁事情還未變嚴重之前，躲到這個大石頭底下。

「躲在這陰涼底下真好，我不懂那些人怎麼能夠在那座落於小盆地裡，每天在火焰烘烤底下的鹽城裡面生活？那裡的每一道牆上都經過十字鎬劃過，留下很結實的類似鱗片的堅固痕跡，金黃色沙子把城牆點綴得微微泛黃，特別是起風時，風和照射在城牆和平台上的燦亮陽光互相輝映，直到整個天空反射出藍色的外貌。有一陣子，我的眼睛都瞎到看不見了，連續幾個鐘頭的大火，在白色的連綿不絕的平台上延燒個不停，好像以前某一天，他們一起開鑿一座鹽山，先將整座山夷平，然後挖掘街道、房間和窗戶。或者，更好一些，他們拿起水管用滾燙的熱水噴灑在我們那白色火熱的地獄上面，要讓世人知道，他們將住在這個別人無法住的地方，這個四周圍為沙漠所包圍的地方，即使一般人只住上三十天都做不到。在這裡，在大白天裡，像釘耙那麼恐怖的看不見的火焰和滾燙的水晶玻璃擋在那兒，使得人與人之間無法接觸，即使晚上的冷氣都無法讓這股熱氣消散，這股冷氣慢慢凝結成許多像寶石一般的貝殼，它們就像一塊乾燥大浮冰的夜間住民，也像夜裡在屋裡冷得發抖的黑色愛斯基摩人。黑色，是的，他們都穿著黑色頎長的布料，鹽一直入侵到他們指甲裡頭，他們在極地夜裡睡覺時，就把手指放到嘴裡苦澀地咀嚼，他們喝著水槽裡的鹽水，有時鹽水沾到他們袍子上，留下來的痕跡看起來就像雨後在爬動的蝸牛。

「雨，喔，上帝，一場真正的大雨，下得既久又猛，從你的天空降下的大雨！

這個令人驚異的城市，一點一滴的被侵蝕，慢慢下陷，整個沉浸在一片汪洋大水之中，把這些凶暴的居民一步步逼向沙堆，一起捲走。單單一場大雨，上帝！什麼樣的上帝，這是一群上帝！他們主宰他們乾癟的房子，還有成堆死在礦坑裡的黑人奴隸，在大南方地區，每一個切開的大鹽塊就值一條人命。他們披著喪服，無聲無息地來到一片白色礦物質顏色的大街上，夜色降臨，整個城市看起來就像是一座鬼城，他們低頭進入陰暗的屋子裡，用鹽巴砌成的牆壁微微發亮著。他們在那裡睡著了，睡得不是很熟，等醒來之後，他們就發號施令，到處亂打，並說他們只是一小撮人而已，他們的神才是真的，大家必須服從。這些人就是我的上帝，他們沒有憐憫心，就像其他神一樣，他們只要單獨，單獨前進，單獨主宰一切，只有單獨他們才能在鹽巴和沙子上面打造一個既炎熱又冰冷的城市。

「當熱氣一升上來時，又是一團混亂了，我開始流汗，連這陰涼底下也開始熱起來了，我可以感覺到陽光正在石頭上面用力撞擊，好像在每一顆石頭上面打釘子，這是音樂哩，這是中午的宏偉音樂，空氣和石頭都隨之震動，綿延好幾百公里，啦，就像我以前所聽到的寂靜之聲一般。是的，一樣的寂靜，那是好幾年前了，當時迎接我的就是這樣的寂靜之聲，幾個衛士帶我來見他們，在大太陽底下，來到廣場的中央，凸顯出來的平台都望向藍色堅硬的天空頂蓋，此時的天空正懸在整個盆地的邊緣。我在那裡，雙腳跪在白色護盾的凹處面前，從牆邊伸出的用火和鹽巴鑄成的利劍，不斷折磨我的眼睛，我疲憊不堪，耳朵被嚮導和他們那些人打到流血不止，都是一些高大的黑人，他們這時都默默瞪著我看。日正當中，在火紅的太陽照射下，天空吱吱低鳴著，整個看起來像一塊被烤成白色的鐵皮板子，四周寂靜無聲，他們一直瞪著我看，時間一分一秒逝去，後來我實在忍不住了，呼吸越來越大聲，最後我哭了，他們卻突然掉頭離去，我跪在那裡，只看到他們腳上所穿的紅黑兩色涼鞋在我面前走過，往上提的暗色袍子底下的雙腳閃爍著鹽巴的顏色，腳尖稍稍踮起，腳跟輕輕著地，當廣場上空無一人時，他們把我拖進擺放偶像的屋子裡。

「我蹲在神像屋子裡好幾天，就像我今天蹲在這顆大石頭底下，頭上頂著被陽光熱氣烘烤的厚實石頭。這間屋子比其他屋子高些，被一條帶狀的鹽巴圍著，屋裡沒有窗戶，只有閃閃發亮的夜色。幾天之後，他們拿來一碗鹽水，以及一些穀粒，好像在餵雞一樣丟在我面前，我再拿過來吃。白天的時候，房間的大門關上鎖著，但房間並不會顯得很暗，好像陽光會穿透鹽層滲透進來一樣，房間沒有燈，我沿著牆壁一路摸索前進，摸到了乾燥棕櫚樹葉編成的花圈，裝飾在牆上，在房間深處有一扇穿鑿得很粗糙的小門，我伸手去摸了一下才知道，上面有一道栓鎖。不知道過了多少天，時間應該很久了，我已經分不出白天黑夜了，只記得他們丟給我十二把穀粒，我還挖了一個洞來盛放我的屎尿，雖然覆蓋著，但還是臭氣衝天。不知又過了多久，直到有一天門開了，兩扇門扉被推開了，他們走了進來。

「他們之間一個人往我跟前走過來，我蹲在一旁，我感覺到臉頰上襲來一陣火熱的鹽巴味道，同時呼吸著乾巴巴的棕櫚樹葉的味道，我看著他走過來，他在我跟前一公尺的地方停了下來，默默地瞪著我看，他做了一個手勢，要我站起來，他用鋼鐵一般發亮的眼神瞪著我看，面無表情，臉色如同馬的棕色一般，他這時舉起手來，一樣面無表情，手指頭伸進我嘴巴，用力捏著我的嘴唇內部，慢慢扭動，直到拉起一層皮，就這樣不鬆開手指，抓著我轉了一圈，把我推到房間中央，抓著我的嘴唇，讓我跪了下來，我一陣天旋地轉，嘴巴流著血，他轉身沿著牆壁走向此時靠著牆壁站著的其他人，每個人都看著我在那裡呻吟哀號，全身既熱又痛，沒有一絲影子從開著的的門鑽進來，這時一個巫師在這片亮光中出現了，蓬頭垢面，上身披滿鱗甲編成的串珠，兩腿光溜溜，只圍著一條草裙，面部戴著由蘆葦和鐵線編成的面具，中間還挖了兩個方形的洞，以便眼睛觀看。他後面跟著幾個樂師和一些女人，這些女人都穿著五顏六色的笨重袍子，你完全猜不透她們的身體長得像什麼樣子。他們在房間深處的小門前面跳舞，舞步雜亂無章，毫無韻律可言，他們就是胡亂扭動而已，然後那位巫師打開我後面那扇小門，那些大師們站在那裡一動不動，一直瞪著我看，我轉身望向門開處，看到一尊偶像，有著斧頭形狀的兩個腦袋，鼻子由經過扭曲的鐵絲製成，狀似蟒蛇。

「他們把我帶到神灶底下，就在神像跟前，要我喝下一種黑色的水，很苦，極苦，我的腦袋開始燃燒，我開始大笑，這就是侮辱，他們正在侮辱我。他們把我的衣服脫光，把頭髮和身上的毛都剃光，在我身上塗滿了油，然後用浸在水裡和鹽裡的繩子抽打我的臉，我一直大笑著，想把臉轉開，但兩個女人抓住我的兩邊耳朵，讓我的臉迎接巫師在我臉上的抽打，我只能看到巫師臉上兩個方形的眼洞，我大笑個不停，渾身是血。這時除了我的笑聲，沒有人講話，我的腦袋開始發熱，他們把我拉起來並強迫我的眼睛直視神像，我不再笑了。我知道從現在開始我已經獻身給他，並發出誓言要開始為他服務，要好好來崇拜他，不，我不再笑，恐懼和痛苦讓我喘不過氣來。在這白色屋子裡，四周圍被太陽從外面烤得火熱的牆壁之間，我的面孔不斷拉長，記憶已經枯竭，是的，我嘗試跟神像祈禱，房間裡只有他可以幫我，他那可怕的臉孔現在看起來已經沒那麼可怕，甚至比其他人都不可怕。他們解開綁在我腳踝上的繩子，繩子很長，足夠讓我自由移動，現在解開了，他們繼續跳著舞，這次在神像面前跳著，其他那些大師們一個一個走出房間。

「他們走出去之後，大門隨後關了起來，音樂又再度升起，巫師用樹皮點燃了一把火，然後在火焰旁邊不斷跺腳，他巨大的身影投射在白色牆壁上，顯得凌亂破碎，在鎧甲鐵片上不停抖動著，整個房間充滿著亂舞的黑影，他在房間角落畫了一個長方形格子，那幾個女人把我拉去那裡，我可以感覺到她們既乾癟又溫柔的手，她們在我旁邊擺了一碗水和一小堆稻米，然後把神像擺到我面前，我知道我必須專注地瞪著神像看。這時，巫師把她們一個一個叫過來，就在火焰旁邊抽打她們，讓她們發出呻吟叫聲，然後讓她們在我的神面前匍匐在地，巫師一邊跳舞一邊把她們弄出房間，只剩下一個，很年輕的一個，蹲在樂師們旁邊，巫師抓起她的辮子，還慢慢在手腕上繞了幾圈，然後把她摺倒在地上，她翻了一下白眼，就躺在地上一動不動，巫師放手之後開始大叫，樂師們全都轉身靠到牆壁上，從巫師的面具後面所發出的喊叫聲無比淒厲，躺在地上的女人突然好像歇斯底里發作一般，她把頭埋在兩手之間，一邊爬著一邊發出嘶啞的喊叫聲，她不停喊叫，同時一直瞪著神像看著，這時巫師很窮凶惡極地飛快又抓住了她，我看不到她臉上的表情，因為她的頭埋在她那笨重袍子的摺線之中。至於我自己，我孤單地被隔開在一旁，我並不喊叫，是的，我只對著神像號叫著，直到有人用腳踢了我一把，並把我推向牆壁靠著，嘴裡咬著鹽巴，就像我現在這樣，用沒有舌頭的嘴巴咬著石塊，我在等待一個人過來這裡，我要殺他。

「現在，太陽剛剛跨過了天空的中央，在石頭的縫隙之間，我看到一個由炙熱陽光照射之下所形成像金屬一般的光圈，很像我那很愛說話的嘴巴，不斷在沙漠上方吐出串串沒有色澤的火焰。在我前方的道路上，一直延伸到地平線，什麼都沒有，連一粒塵埃都看不到，在我的後面，他們可能已經在找我了，不，還未，他們平常在下午要結束時，也就是我工作了一天，清理神像的房間並重新擺上祭品之後，才會打開大門讓我出來一會兒，晚上祭典開始時，他們有時候會鞭打我，有時則不，但我一定要好好服侍神像，如今這座神像已經像鐵一般印記在我腦海裡，同時也成了我的希望。在我生命當中，從來沒有一個神會像這樣盤據我和征服我，日日夜夜，無時無刻，讓我無私的全心奉獻，既不是痛苦，也不是喜悅，我就是必須這麼做，是的，也許是出於慾望，我幾乎每天都在期待這個公開的卑鄙活動，我看不到他，只能聽到聲音，因為他們會要我面向牆壁並鞭打我，我的臉貼著鹽牆，四周圍瀰漫著一片恐怖的黑暗，布滿在隔板上面，我只聽到長長的喊叫聲，一股有別於性慾的強烈慾望攫住了我的太陽穴和肚子。日子就這樣一天一天過去，我已經搞不清楚今天是哪一天，時間好像已經溶解在酷熱和鹽牆的反光之中，已經成為一種不定型的敲打，只有在固定的規則性間歇當中會傳來痛苦和發狂的喊叫聲，神像統御著這些個沒有年代的長日，就好像惡毒的太陽日復一日照射著我這間白色的石屋。現在，和過往一樣，我竟因為我的不幸和慾望而哭了起來，一股凶惡的希望在我身上燃燒著，我要反叛，我舔著我的步槍的槍管，還有它的內在靈魂，只有步槍才有靈魂。喔，是的，從他們那天割掉我的舌頭之後，我才開始了解什麼是仇恨的不朽靈魂！

「多麼混亂，多麼狂暴，啦，啦，被熱氣和憤怒熏昏了頭，我抱著這支步槍，躺在上面，誰在那裡喘氣？我再也無法忍受這沒完沒了的熱氣，還有這等待，我一定非殺他不可。沒有半隻鳥兒，沒有半株野草，只有石頭，乾燥的慾望，一片寂靜無聲，他們的號叫聲，還有我這還會講話的舌頭，自從他們割掉我的舌頭以後，我就開始長期忍受呆滯的痛苦，被拋棄的感覺，晚上無水可喝，而晚上我都在作夢，和神像一起被關在這個小鹽窩裡。只有在夜裡，透過那明亮的星星和陰暗的噴泉，才能夠拯救我，才能擺脫人類的凶神惡煞，但現在被關著，我無法凝視夜晚。如果那個傢伙還不來，我也許就能夠在這裡看到夜晚從沙漠裡升起，侵入天空，可以看到像串串冰冷的金色葡萄的星星從幽暗的天際垂下來，我可以在那裡閒散地大喝一攤，好好濕潤我這又黑又乾的窟窿，那裡早已沒有一塊肌肉能夠恢復生機了，最後忘掉那天割舌頭的事情怎樣讓我發狂。

「真熱，真是熱呀，鹽巴融化了，至少我相信是如此。熱氣侵蝕著我的眼睛，我看到巫師又進來了，這次沒戴面具，後面跟著另一個新來的女人，幾乎全裸，身上只披著一塊灰色破布，她的臉上有一塊刺青，乍看起來像是神像的面具，也像是一個很難看的偶像。她不斷舞動著她那瘦弱平板的身體，一路跳著來到神像的腳下，這時巫師打開房門出去了，連看我一眼都不看。熱氣開始上升，我一動不動，神像從上面凝視著我看，看著我這不動的身體，事實上我的肌肉有稍稍在動，我慢慢靠近女人，她臉上的偶像面具一直沒什麼變化，她張大眼睛瞪著我看，我的腳碰到了她的腳，熱氣開始在沸騰了，這個面具偶像一聲不吭，還是用鼓脹的眼珠瞪著我看，然後慢慢轉身，縮回雙腳，再把雙腳抬高，兩腿輕輕張開，突然，啦，巫師一直在監視我，全部的人都進來了，他們把我拉向女人身旁，然後朝我要害部位猛打，要害部位！是的，猛打要害，我大笑，要害，什麼罪惡，什麼德行！他們抓著我把臉貼向牆壁，一隻鋼手伸過來掐住我的下巴，另一隻鋼手打開我的嘴巴拉出我的舌頭，直到流血。我像野獸一般放聲大叫，我感到一陣劇痛和清涼的感覺，是的，最後就是舌頭一陣清涼，我失去了知覺。等我恢復知覺時，我發現我獨自一人待在夜裡的房間，臉部貼著隔板，渾身沾滿凝結的血漬，嘴裡塞著一團味道很怪的乾燥藥草，嘴巴已經不再流血，卻空空如也，舌頭不見了，感覺十分痛楚。我想要起身，卻老是爬不起來，我感受到一股絕望的快樂感覺，最後絕望地快樂而死，死亡也是清涼的，在它的陰暗處神是不存在的。

「我並沒有死，有一天新的仇恨又滋生了出來，我走向房間深處那扇小門，我打開門，走出去隨後關上，我痛恨這些人，神像還在那裡，還有我曾經窩過的小角落，對於神像，我不只向他禱告，還深深信仰他，為了他，我還否定過我所曾經信仰過的一切。致敬，他是動力和力量的泉源，你可以摧毀他，卻不能改變他，他現在就在我頭部上方用空洞而遲鈍的眼神瞪著我看。致敬，他是大師，唯一的神，他的真正本質就是邪惡，他絕對不是善良的大師。第一次，我的軀體由於受辱而痛苦大叫，只得屈服於他的惡劣指令，並喜歡上他的有關世界的惡毒原則。我成為他王國的囚徒，囚禁在鏤刻於鹽山裡頭的一個荒蕪城市，與大自然隔絕，連沙漠裡最罕見的花草都看不到。像一朵孤獨的雲，一場短暫的驟雨，這是沙漠裡的太陽經常會碰到的常態，我出現在這個城的城角，四方形的屋子，以及僵直的人們中間，我為這些充滿恨意和飽受折磨的居民感到憂心，我否定了人們告訴我的有關這裡的長遠歷史。人們欺騙了我，在這裡，只有惡毒才統御一切，才是無懈可擊。人們欺騙了我，真理是方的、沉重和濃密的，不容許有一點偏離，良善只是夢幻，大家拚命追求，卻永遠追求不到，這是永遠達不到的目標，要統御一切，那是絕不可能的。只有惡才有可能達到目標，並且絕對的統御一切，我們要為它服務並為它建立偉大王國，很快大家就會發現其意義所在，它會在歐洲四處呈現出理性、榮耀和十字架。是的，我必須轉向大師們的宗教，是的，是的，我是他們的奴隸，但一旦我變成邪惡，雖然我的雙腳被捆住，我的嘴巴不能說話，我就不再是奴隸了。喔！這熱氣快要把我搞瘋了，在這無可忍受的光芒底下，沙漠到處大喊大叫。另一個神，溫和的神，光聽到他的名字就足夠令人倒盡胃口，我現在已認清了他，我要否定他，他老是作夢並欺騙全世界，人們已割掉他的舌頭，以免他再發聲欺瞞大家，人們在他的頭顱釘上釘子，他這顆可憐的頭顱，像我現在的腦袋一樣，一直在沸騰，我只覺得好累，大地並沒有在震動，我很確定，殺人是不公正的，我絕不相信殺人是正確的，然而公正並不存在，只有邪惡的大師在掌控顛撲不破的真理。是的，只有這尊神像才擁有力量，他是這世界唯一的真神，他的戒律就是仇恨，仇恨才是所有生命的泉源，是一股清流，像含在嘴裡的薄荷，讓嘴巴感到清涼，然後讓胃燃燒。

「我改變了，他們看得出來我變了，當我見到他們時，我會親吻他們的手，我已經和他們成為一夥，毫不保留的尊崇他們，對他們完全的信賴，真希望像當初他們割掉我舌頭時那樣，也割掉我夥伴的舌頭。當我獲悉傳教士要來時，我知道我該怎麼做，這一天將和其他日子沒什麼兩樣，像每個盲目的日子，不知道已經延續了多久！下午將盡時，一個警衛在盆地的高處奔跑，幾分鐘後，我被拖進關閉神像的房間，在黑暗中，他們之中一個人把我壓倒在地，並用一支十字形軍刀抵著我，靜默持續了很久，直到這個向來平靜的城市響起一陣不知名的喧鬧聲，經過很久我才聽出來這些喧鬧聲原來操的是我的語言，這時警衛用刀尖抵在我眼睛底下，同時靜靜地瞪著我看。我聽到有說話聲音逐漸靠近，一個聲音在問為什麼這個房間的房門緊關著，要不要把門撞開，另一個聲音簡單說道：『不！』一會兒之後，又補充說，他們已經達成協議，同意讓他們在城外駐紮二十個人，但要尊重當地風俗習慣，士兵笑了笑，軍官尚不知道對方已經投降，在土地被占領之後，對方一開始希望他們能派一個人來照顧他們的小孩，這個人最好是個神父。另一個聲音說，要是沒有士兵隨行，他們可能會給神父難堪。『喔，不會，』軍官回答道：『貝福神父會在士兵進駐之前抵達，他在這兩天之內就會到這裡了。』我再也沒聽到什麼，一動不動，被刀尖抵著，感覺很害怕，在尖銳刀刃威脅之下，只能任由擺布。他們瘋了，他們瘋了，他們竟然讓城市被入侵，讓無敵的力量被打敗，讓他們的真神被侮辱，然後，現在要來的這個人，他們割不了他的舌頭，他可以不負任何代價，也不會遭遇任何羞辱，可以在這裡大搖大擺宣揚他那傲慢的慈悲，邪惡的統御怕要延遲下來，到處充滿疑惑，人們又要浪費許多時間去夢想不可能的良善，奮力去從事無用的努力而無法促使可能的唯一王國的到來。我看著威脅著我的刀尖，喔，那唯一統治世界的力量！喔，力量，城市裡的喧鬧聲慢慢消失了，大門終於打開了，我單獨和神像在一起，全身在燃燒，苦澀無比，我跟他發誓一定保全我的新信仰，我的真正大師，我的專制的上帝，我發誓不惜一切代價跟他們對抗到底。

「啦，熱氣退去了一些，石頭不再顫動，我走出我的小窩，望著沙漠上逐漸瀰漫著黃色和赭石色，慢慢再混合成淡黃色。昨天夜裡，我等大家都睡了，就鎖上大門，用平常的繩子量過的步伐走了出去，我認得街道，我知道哪裡可以拿到舊步槍，也知道哪扇門沒有守衛，我來到那裡時正是夜色漸漸退去的時刻，依舊滿天繁星，沙漠上一片沉靜。現在，我感覺已經在這堆石塊中間蜷窩了好幾天，趕快，趕快，喔，他就快來了！他們很快就會開始找我，他們會在每一條道路上飛奔到處搜尋我，可惜他們不會知道我離開是為了他們，為了能夠更進一步服務他們。我此時因為飢餓和心中充滿恨意的關係，雙腳竟然變得軟弱無力。就在這時，喔喔，那裡，啦啦就在道路遠端出現了兩匹駱駝，輕快地慢跑著過來，步伐活潑又顯得夢幻，終於到啦！

「步槍，快，趕快上膛！喔，神像，我的神，你的威力還在，侮辱被除掉了，仇恨依舊無情地統御這被詛咒的世界，邪惡永遠是主宰，王國終於建立，建立在這唯一的鹽和鐵的城市上，由黑色暴君無情地加以奴役和主宰。現在，啦啦對著憐憫開火，射在無能和施捨上面，凡是阻礙邪惡之到臨的一切，都要加以摧毀，推翻和擊倒。我連射兩發，兩人應聲滾到地上，駱駝直接奔向地平線上，一群黑色的鳥飛起湧入一望無際的天邊。我大笑著，我大笑著，那個人的身體蜷縮在他那可厭的黑袍底下，頭稍稍抬起看著我，是的，他看著我，他師傅的威力已被牽制住，一無用處，他竟對我微笑，我要粉碎他的微笑！槍托打在這張慈悲臉龐上面的聲音是多麼好聽。今天，終於就在今天，一切均已消耗殆盡，就在幾個鐘頭前而已，沙漠上到處都有豺狼正在聞風而動，牠們已經開始到處走動，踮著腳步慢慢行走，走向正在等著牠們的其他動物的屍體。勝利！我把雙手伸向天空，這時的天空已變得很溫和，天空另一頭則呈現暗紫色。喔，歐洲的夜晚，祖國，童年，在這勝利時刻，我為什麼要哭呢？

「他在動，不，這聲音來自別處，來自另一個角落，是他們，我的大師們，他們像一群驚弓之鳥一起湧了過來，全都撲到我身上，緊緊抓住我，啊！啊！打吧！他們為他們的城被攻破而感到害怕，喊叫個不停，他們以為我為了報復而招來我的族人來攻打他們，神聖的市中心已被攻陷。現在，自我防衛吧，先打我，先好好打我，你們擁有真理！喔，我的大師們，他們終將擊敗那些士兵，他們將征服口語和愛，登上沙漠，越過大海，用他們的黑紗蓋住歐洲的光芒，打擊他們的肚子和眼睛，把鹽巴撒向整個大陸，讓一切作物和生機全部滅絕，然後帶著一群戴著腳鐐的啞巴來酷陽下的沙漠和我作伴，我就不孤單了。啊，邪惡，他們教給我的邪惡，他們的狂暴很美好，我現在就坐在戰馬的馬鞍上，他們要對我施以磔刑，要把我分屍，憐憫，我大笑，我很喜歡他們把我釘上十字架的敲擊感覺。

⋯⋯⋯⋯⋯⋯⋯⋯⋯⋯⋯⋯⋯⋯⋯⋯⋯⋯⋯⋯

「沙漠一片寂靜無聲！黑夜降臨，我孤單一個人，我口很渴。還要繼續等待，城市就在那裡，從那裡傳來喧鬧聲，看樣子士兵是勝利了，不，未必，即使他們是勝利了，但他們不夠壞，他們不懂如何去統治，他們還會說他們會變得更好，有好幾百萬人夾在惡與善之間，被撕裂著，無所適從。喔，我的神，你為什麼要拋棄我？一切都結束了，我很渴，我的身體在燃燒，朦朧的夜晚蒙蔽了我的眼睛。

「這長長的大夢，我醒了過來，喔，不，我要死了，黎明升起，第一道曙光開始照耀其他活著的人們，照耀我的卻是無情的太陽，還有陪伴我的是一堆蒼蠅。沒有人在說話，天空並未張開，不，不，上帝是不會對沙漠說話的，可這時卻從那裡傳來這樣的話：『如果你樂意為仇恨和權力而死，誰要原諒我們呢？』是我身上的另一條舌頭，還是躺在我腳下不願意死的那個人，不斷重複說『加油，加油，加油』？啊！但願我又錯了！以前那些有兄弟情的男人們，只有你們才能救我，不要拋棄我吧！這裡，這裡，你是誰，被撕裂了，滿嘴鮮血，是你，巫師，士兵把你打敗了，那裡的鹽巴在燃燒，你是我最愛的大師！扯下這張仇恨的臉，現在變成善良，我們都錯了，我們重新開始，我們來重新打造這座慈悲的城市，我要回家了。是的，幫我，就這樣，伸出你的手，給……」

一把鹽巴塞住了這個說話說個不停的奴隸的嘴巴。

沉默的人們

時值隆冬，這一天卻是個陽光普照的好天氣，整個城市早已熱絡活動了起來。在防波堤的底端，水天連成一線。伊瓦爾沒去注意這些，他只顧著賣力騎著腳踏車在這港口的唯一大道上一路前進，他把殘障的那隻腿放在踏板上，一動不動，另一隻腿則使勁地踏著車子前進，行走在這夜裡留下的充滿濕氣的濕漉漉道路上。他穩穩坐在座墊上，頭抬都不抬，一路避開舊街車的鐵軌，他有時會緊握車把猛然晃一下，讓前面穿梭如織的汽車通過。他有時會用手肘去碰一下綁在腰部的布袋，費蘭德為他準備的午餐就放在那裡，他一想到布袋裡的午餐，就覺得有些苦澀，兩片大麵包中間夾的不是他所喜歡的西班牙歐姆蛋，或是油煎的牛排，而是一小塊乳酪。

他從未覺得到工廠去的道路像今天這麼漫長，他老了，已經四十歲了，雖然仍堅廷得像葡萄藤的新枝，肌肉的活力可沒那麼靈光了。有時候他讀體育報導，他們稱三十歲的運動員為老將，他就聳聳肩。「如果這叫做老將，」他對費蘭德說：「我就是死人了。」其實，那些記者這樣寫並不是沒道理，一個人到了三十歲，氣不再豐盈，只是還看不出來而已，到了四十歲，即使還未躺下來，不，還未，但也是要提前做準備了。許久以來，每次他要前往城市另一頭製桶廠上工經過海邊時，再也沒興致看大海，不正說明了這個現象嗎？他二十歲時，單單看著大海是不夠的，大海總會帶給他一個愉快的週末，即使一條腿瘸了，他還是非常熱衷於游泳，隨著歲月的流逝，他娶了費蘭德，生了一個小男孩，為了生活，他就利用星期六空閒時間到製桶廠加班工作，星期日就打零工幫人修理桶子，慢慢地，年輕時候曾讓他心滿意足的瘋狂習慣就跟著消失了，清澈深邃的海水，炙熱的陽光，年輕女孩，洋溢著青春火力的身體，這是這地區真正的快樂泉源，如今都與他絕緣了，隨著青春的消逝，這些快樂都跟著不見了。伊瓦爾依舊喜歡大海，但只有天色將晚，海灣的海水變得黯淡之時，在這溫暖的時刻裡，在一天工作之後，他坐在家裡的平台上，穿著費蘭德為他燙好的乾淨襯衫，喝著有氣泡的茴香酒。不久夜色降臨，天空一片寧靜，鄰居用很細微的聲音和伊瓦爾講話。他分不清楚他是否快樂，或是很想掉眼淚，但至少在此時此刻他覺得很滿足，他靜靜地等待，只是不知道在等什麼。

早上的時候，他必須回去工作，路上他再也不愛看大海，大海卻總是在那裡，忠心耿耿等著他，他只有在晚上回家時才會看它。這天早上，他騎著腳踏車，低著頭，比平常還沉重，心頭也一樣沉重。前一天晚上開完會議後回來時，他宣稱大家必須回去工作。「這麼說，」費蘭德很高興地說道：「老闆同意給你們加工資了？」老闆並未給他們加工資，罷工失敗了，大家並沒有很認真去罷工，意氣用事罷了，這是不能否認的事實，公會有理由不好好跟眾人配合，只有十五個工人左右發動罷工，這成不了氣候，公會曾考慮到其他經營不善的製桶業，他們不配合，這不能責怪他們，製桶業最近受到造船和油罐車的威脅，很不景氣，人們越來越不想做桶子，葡萄酒的酒桶也不想做，大家都修一修現有的大桶子，將就著用。老闆們看出他們的生意必須妥協，另一方面又想維持他們固有的利潤，最簡單的方法就是凍結工人的工資，即使生活物價一直在上漲。當製桶業維持不下去時，製桶工人怎麼辦呢？他們做了一輩子桶子，你無法叫他們轉行做別的，這相當困難，你總不可能要他們改行一切從頭做起。一個熟練的木桶工匠，他能夠把一塊平板的木塊弄彎，再用火慢慢烘烤成圓圈，然後用鐵圈加以框住，像煉金術一般，不必動用到棕毛或廢麻，就能做出一個很美觀又很管用的桶子，這樣的技藝很稀罕，而伊瓦爾對此相當熟練，他很以此為傲。要轉業並沒什麼，但是要他放棄已經熟悉的技藝，這可不容易。一個美好的職業，卻無從發揮所長，人被框在那裡，無所事事，不如辭掉算了，但是要辭掉工作，談何容易。如今要把嘴巴閉起來，不去好好討論工資問題，這也是很困難的。每天早上帶著越來越疲憊的步伐，循著相同的路徑去上工，只是為了等到週末時老闆給你一點工資，然而，這點錢已經越來越不夠用了。

他們開始憤怒了，有兩三個人還在遲疑，但是在第一次和老闆討論過工資問題之後，他們也開始憤怒了。老闆話說得很冷淡很直接，要就接受，不要就拉倒，這話說得有夠直接。「他在想什麼！」埃斯坡吉托說道：「要我們把褲子都脫了？」其實，老闆並不是個壞人，他從父親那裡繼承這個事業，從小就在工廠裡長大，多年來差不多認識了工廠裡每一個工人，他有時會邀請他們在廠裡吃點心，烤沙丁魚或豬血腸，還讓大家喝酒助興，他真的是個不錯的人。每當過年時，他會送每個工人五瓶好酒，每逢工人之中有人生病、婚嫁或受洗，他都會包禮金致贈。他女兒出生時，每個工人都分到了杏仁糖，有兩三次，他還邀請伊瓦爾到他海邊的私人領地打獵。毫無疑問，他很愛他的工人，他也常回想他的父親是學徒出身，但他從來不會想要去工人家裡，他不了解他們，他只想到他自己，因為他只認識他自己，現在他才會說，要就接受，不要就拉倒。這回輪到他耍脾氣了，而他竟然可以真的這樣幹了。

他們強行訴諸工會罷工，讓工廠關了門。「你們不必麻煩弄罷工糾察隊來監視，」老闆這樣說道：「工廠不開工，我樂得省錢哩。」這不是真的，但這樣說於事無補，他當著大家的面說，他給他們工作是可憐他們，是施捨他們，這下子把埃斯坡吉托惹火了，他憤憤地說老闆簡直不是人，其他幾個人也開始熱血沸騰，怒不可遏，有人把他們拉開了。這時其他工人也軟化了，大家決議罷工二十天，這下子家裡的女人們開始憂愁了，有的甚至變得很沮喪，最後工會出面協議停止罷工，仲裁結果，以加班幾個鐘頭時間來彌補罷工損失，大家很心不甘情不願回去工作，同時放話，這不是結束，大家還會再見。今天早上，失敗的沉重感覺無以復加，讓他感到疲憊無力，乳酪取代了牛肉，不要再存有任何幻想了。陽光普照，大海再也不能承諾什麼。伊瓦爾單腳踏著腳踏車前進，每踏一下，他就覺得變老了一點，他此刻不能想到工廠、同事以及老闆，他一想到等一下要和老闆見面，心裡就越發感到沉重。費蘭德一直在擔憂著：「你們要跟他說什麼？」「什麼都不說。」伊瓦爾騎著腳踏車，一面搖搖頭，他咬緊牙齒，棕色的臉上已經有皺紋，臉雖繃著，但不難看。「大家回去工作，就這樣。」現在，他踩著腳踏車前進，牙齒仍咬著，臉上流露著一股乾癟而哀傷的怒氣，和天空互相輝映著。

他離開了大道和大海，轉入舊西班牙區的濕漉漉街道，這幾條街道通向一個堆放廢鐵的倉庫和修車廠的區域，他的工廠就矗立在那中間，看起來就像個大廠棚，牆只砌到一半，往上就是透明的玻璃，一直往上延伸到波浪形的鐵皮屋頂。這個工廠面向一座舊的製桶坊，有一個四周圍圍著小庭院的大庭院，當工廠生意興旺時，這個大的庭院就廢棄不用了，如今已變成堆積廢棄機械和舊桶子的地方，在大庭院的另一邊，由一條堆滿舊瓦片的小路隔開，那是老闆的花園，花園的另一頭，就是老闆的住家了。房子很大很醜，但由於外面的樓梯布滿五葉地錦和稀疏的忍冬花草，整個看起來還是滿可愛的。

伊瓦爾第一眼立即看到工廠的幾扇門關閉著，一群工人靜靜地站立在這些門的前面。自從他到這裡工作以來，這是第一次他來上工時看到工廠的門是緊緊關閉著的，老闆似乎在藉此表示他占了上風。伊瓦爾往左邊走過去，把腳踏車停放在從庫房延伸出來的棚子底下，然後走向大門，他從遠處就看到和他一起工作的埃斯坡吉托，這是一個有著棕色皮膚，全身毛茸茸的高大傢伙，還有工會的代表馬庫，長著一個像唱假聲男高音的腦袋瓜，另外還有薩伊德，工廠裡唯一的阿拉伯人，其他工人靜靜站在一旁，看著他走過來，但就在他要加入他們之時，大家突然轉身走向大門，大門剛剛打開了，工頭巴列斯特正背對著他們，把沉重的大門往一旁的盡頭慢慢推了過去。

巴列斯特是這裡年紀最大的一位，他一直不贊成罷工，但自從埃斯坡吉托說他是在為老闆的利益服務之後，他就噤聲不說話了。現在他穿著深藍色毛衣，赤著腳，大剌剌站在門邊（他是薩依德之外在工廠裡工作時唯一赤腳的一個人），看著大家一個一個進來，他那黝黑臉龐上的兩顆淡色眼珠子顯得特別清澈，那濃密而下垂的八字鬍蓋著的嘴巴顯得有些哀傷。大家默默魚貫進入廠房，因挫敗而感到屈辱，但隨著走進廠房，大家似乎也就不去理會這股沉默了，更不去注意巴列斯特的存在，大家知道他只是執行命令要大家以這種方式回來工作，大家看得出他臉上苦澀懊惱的表情，很清楚他內心的感受。伊瓦爾一直瞪著他看，巴列斯特向來很喜歡他，這時只是跟他點一下頭，並沒說什麼。

現在，他們都來到進入大門後面右手邊的小更衣間，有一些用白色木板隔開的置衣箱打開著，每一個置衣箱旁邊各掛著一個上鎖的小櫃子，從進門第一個置物箱一直到廠房旁的牆壁已經改建為洗澡間，地上還闢出一條小溝當作排水之用。在廠房的中央，每個工作據點，堆放著一些已經快要完工的葡萄酒桶，只差尚未框上圓框而已，同時在等著用火烘烤，在桶子厚厚的底盤上面，要挖出一條長縫（有的則鑿出一個圓盤，然後再加以拋光），最後用旺火燒烤。在大門入口的左手邊，沿著牆壁一路過去，則是一整排的工作檯，在這些工作檯前面，堆放著一堆等著刨平的木板塊，在右手邊靠著牆壁的地方，離更衣間不遠，擺著兩座大型電鋸，已上了油，堅挺銳利，靜默無聲，閃閃發亮。

許久以來，這個工作廠房對這一小撮工人來講已經顯得太大，在大炙熱天氣下倒還好，冬天時就顯得不那麼舒適了。可是在今天看來，在這麼大的空間當中，工作固定在那裡，角落到處零零散散堆放著桶子，頭頂上一個大圈圈推放著一堆豎著的木板，看起來就像一些綻放的粗糙的木板花擺在那裡，木板凳上、工具箱上以及機器上，到處沾滿鋸屑，整個工作場看起來就像是廢棄了一般。他們進來之後四處張望，現在大家已經穿上舊工作服，褪了色和充滿補丁的褲子，卻還在遲疑不動，巴列斯特看著大家，「怎樣，」他說道：「咱們可以動工了吧？」大家一個一個走向自己的工作崗位，半句話不吭。巴列斯特走到每個崗位上，簡單提醒每個人，要就動工，要不然不要做算了。沒有人回應，這時傳來一聲錘子敲在桶子中間框著鐵圈部位的聲音，刨子也開始發出刨平木頭上不平地方的聲音，埃斯坡吉托啟動電鋸，發出鋸齒在鋸木頭的摩擦響聲，薩伊德依照吩咐抱著一堆木板跑來跑去，或是捧碎木屑去生火，讓別的人在那上面烘烤桶子，讓框鐵圈部位鼓起來。沒人叫他時，他就拿著鐵錘沿著工作檯用力敲打生鏽的大圈圈。碎木屑燃燒的香味開始瀰漫整個工作廠房，伊瓦爾刨平並修整埃斯坡吉托已經裁剪好的木板，這時聞到了燃燒木屑的香味，內心緊縮了一下。每個人靜靜地工作著，一種熱絡，一種生命的再生氣氛開始慢慢充塞整個廠房，一道清新的太陽光線穿過那塊大玻璃，滲透入廠房各個角落，連空氣都閃爍著一種金色光芒，襯托出一層藍色的煙霧，伊瓦爾彷彿聽到旁邊有昆蟲在鳴叫的聲音。

就在這時，面向舊桶廠的大門打開了，拉薩爾先生，也就是老闆，出現了，在門檻上停了下來，他看起來細瘦高挑，棕色頭髮，年紀三十開外。他穿著淡灰褐色西裝外套，裡頭的白色襯衫很顯眼，他露出一副很怡然自得的樣子。雖然他的臉部很瘦削，好像被刀子削過一般，整體而言倒是很容易引人好感，就像許多經常運動的人那樣，一副灑脫自在的樣子。他在跨過門檻走進來時，似乎感到有些不自在，他跟大家問好的聲音比平常小很多，根本沒有人理會，錘子的敲擊聲稍微停頓了一下，顯得有些不協調，隨後又大聲繼續敲擊著。拉薩爾先生稍稍猶豫一下，就往前走向小瓦勒里，小瓦勒里來這裡工作才一年，他工作崗位就在電鋸旁邊，離伊瓦爾幾步遠而已，他正在給一個葡萄酒桶裝上桶底，拉薩爾先生看著他工作，瓦勒里一句話不吭，忙著幹他的活。「怎麼樣，孩子，」拉薩爾先生說道：「還好吧？」年輕人突然動作變得很笨拙，眼睛望向一旁的埃斯坡吉托，他粗獷的手臂上正捧著一堆木板，要帶去給伊瓦爾，伊瓦爾也一邊幹活，一邊瞪著瓦勒里看，瓦勒里只好又把臉轉向葡萄酒桶，對老闆的問話不理會。拉薩爾愣了一下，在年輕人面前一時怔住了，他聳了一下肩，然後轉向馬庫這邊走過來，馬庫正騎坐在一張板凳上面，正緩慢而仔細地刨好一個桶底的邊緣。「日安，馬庫。」拉薩爾說道，聲音很乾癟。馬庫忙著清理碎木屑，沒有回答。「大家是怎麼了？」拉薩爾用宏亮的聲音說道，然後把眼睛望向其他工人。「大家沒有達成協議，但無所謂，大家仍然回來一起工作，這有什麼不好嗎？」馬庫站起來，舉起桶子，用手掌輕輕撫摸桶底的邊緣，瞇起疲憊的眼神仔細檢視一番，露出一副很滿意的樣子，然後一聲不響走到另一個正在組裝葡萄酒桶的工人那裡。整個廠房裡錘子敲擊聲和電鋸聲此起彼落。「好，」拉薩爾說道：「等這股怨氣過去了，你們再讓巴列斯特來跟我講。」拉薩爾一說完，默不作聲邁著平穩的步伐走出廠房。

幾乎就在同時，在廠房裡的吵雜聲中，警鈴連續響了兩聲，巴列斯特才剛坐下來要捲香菸，只得又緩慢起身走向後面的小門，他一離開，錘子的敲擊也跟著緩和下來，有一個工人甚至停止敲擊，這時巴列斯特回來了，他站在門口，只說：

「馬庫和伊瓦爾，老闆要你們兩位過去一下。」伊瓦爾一聽，第一個反應就是去洗手，馬庫在走道上抓住他的手臂，跟在他後面，蹣跚走著。

兩人來到外面，經過大庭院時，伊瓦爾可以感覺到照射在他臉上和赤裸手臂上的陽光顯得清新而稀薄，他們爬上外面的樓梯，長在樓梯上面的忍冬藤已經開出一些花朵，當他們來到牆上掛滿文憑證書的走廊時，先聽到一個小孩的哭聲，以及拉薩爾先生的說話聲音：「吃過午飯後你先把她哄睡，到時候如果還不見起色，咱們就請醫生過來。」拉薩爾話一說完就出現在走廊上，他把他們引進他的小辦公室，他們對這裡已經很熟悉，房間裡頭擺設著粗俗的桌椅，牆上掛著一些運動比賽的獎章。「兩位請坐，」拉薩爾說著自己坐到辦公桌案前，他們還是站著。「我要你們兩位過來，那是因為您，馬庫，是工會代表，而你伊瓦爾，是僅次於巴列斯特，我這裡最資深的員工，我不想再討論已經結束了的議題，我只是想說，我無法配合你們的要求，絕對不可能，工作方面的問題我們已經做了調整，結論是讓大家回來繼續工作，我看得出來，你們都對我不諒解，我感到很難過，我要簡單強調一點：我今天做不到的，也許當一切進行順利之後，我會做到，如果我到時真能做到，不必等到你們來要求，我自然會自動先去做，因此，你們先好好工作再講。」他停了下來，好像在想什麼，眼睛瞪著他們兩人看。「怎麼樣？」他說道，馬庫望著外面，伊瓦爾牙齒緊咬著，他很想講話，卻講不出來。「聽著，」拉薩爾又開口說道，「你們都太不可理喻了，難關會過去的，當你們變得比較理性時，請記住我剛剛對你們所說的話。」他說著站了起來，走到馬庫面前，對他伸出手來。「再見！」他說道。馬庫的面色突然一陣慘白，他那抒情歌手一般的漂亮臉龐變得很僵硬，剎那間，也變得很惡狠，他突然提起腳跟，走了出去。拉薩爾的臉色也變得慘白，他望著伊瓦爾，並未伸出手來。「滾你們的蛋吧！」他大聲叫道。

當他們回到工房時，大家正在吃午餐，巴列斯特不在，馬庫只簡單說：「全是屁話！」說著就走去他的工作崗位上。埃斯坡吉托停下咀嚼嘴裡的麵包，問他們去老闆那裡談了些什麼，伊瓦爾回說並沒有談什麼，然後去拿他的布袋，走去坐在他工作時坐的板凳上，開始吃起他的午餐，他看到不遠處薩伊德正躺在一堆碎木屑上面，眼睛失神地望著那片大玻璃窗，由於這時天空的光線慢慢在變弱，大玻璃窗的顏色也開始變得偏藍起來。他問薩伊德是不是吃飽了，薩伊德回說剛剛吃了帶來的無花果，伊瓦爾停下吃飯，他覺得自從剛才和老闆見面後，老是感到渾身不自在，如今這股不自在感覺卻突然被身上一股熱流取代了，他站起來，撕下一半正在吃的三明治遞給薩伊德，趁他拒絕前馬上接著說：「到了下禮拜，一切會變好的，到時候再換你請我吃。」他說道，薩伊德只是笑笑，嘴巴咬著伊瓦爾遞給他的那片三明治，吃得很慢，好像肚子不餓的人勉強在吃東西那般。

埃斯坡吉托拿來一個舊平底鍋，用碎木屑和木頭點燃一把小火，同時倒出裝在一個玻璃罐的咖啡，將咖啡置入鍋裡加熱，他說這是他的雜貨商聽說他們罷工失敗了，特別犒賞他們的小禮物。一個放有芥末的杯子在大家手上互相傳遞著，每傳遞一次，埃斯坡吉托就往杯子裡頭倒入一些已加好糖的咖啡，薩伊德一口喝入喉嚨，感到十分暢快，吃飯都沒這麼痛快過，埃斯坡吉托一口喝掉最後剩在鍋裡的還很滾燙的咖啡，嘴唇一邊動著一邊不停發出詛咒，就在這時，巴列斯特走進來，並宣布該開始工作了。

就在大家站起來，忙著把用過的廢紙和餐具塞入自己的布袋時，巴列斯特走到大家中間，突然說，這次對大家以及他自己的打擊固然很大，但是也沒必要像小孩子那樣賭氣，賭氣是沒有用的。這時，埃斯坡吉托手上還拿著鍋子，轉向了巴列斯特，他那厚而長的臉頰突然變得通紅，伊瓦爾知道他要說什麼，就像大家心裡想的那樣，他們並不是在賭氣，只是嘴巴被封住了，因為老闆竟然說，要就繼續幹，不要就拉倒，讓他們的怒氣和無力感無處發洩，叫都叫不出來，他們都是人，就這麼簡單，卻不能微笑或擺臉色。然而，埃斯坡吉托並未說出這些，他的臉龐最後終於放鬆了，他輕輕拍了一下巴列斯特的肩膀，其他人跟著就回去工作崗位上了。錘子的敲擊聲又開始響了起來，整個大廠房又充斥著熟悉的喧雜聲音、碎木屑的香味，還有髒衣服的汗濕臭味。大電鋸不停發出隆隆響聲，埃斯坡吉托把堆在他面前的嶄新木板拿過去鋸斷，在鋸開的地方一直冒出潮濕的木屑，像麵包屑一般沾滿他那毛茸茸的肥碩雙手，他必須緊緊壓著大聲吼叫的鋸齒下的木頭，等鋸斷之後，就只剩下電鋸的馬達聲了。

伊瓦爾正彎著腰用刨刀在刨木板，此刻卻感覺到背部的痠痛，按往常慣例，疲憊的感覺等一下會緊跟著襲來，顯然過去幾個禮拜因為沒有活動的關係，他現在已經失去了動力，但他也想到可能是因為年紀的關係，他的雙手變得越來越不靈光，這已經不單是準確性的要求而已，這樣的痠痛對他正式宣告了老年的到來。靠肌肉活動的工作，最終必得要被詛咒，這樣的工作提早預告了死亡的到來，晚上不好入睡，恰恰正是死亡的徵兆。他的小男孩說以後要當小學老師，這是對的，那些經常發表關於靠手幹活的言論的人，真不知道他們懂什麼。

當伊瓦爾挺起腰桿想喘口氣，並想驅除這些憂鬱想法時，廠房的電鈴又響了起來，而且是不停地響，響的方式很奇怪，短暫停一下，又立即緊急響個不停，所有的工人都停頓了下來。巴列斯特聽著，感到驚訝，就慢慢走向大門，他才一離開，電鈴聲就立刻停了，大家又恢復繼續工作，這時大門突然又打開了，巴列斯特進門來，然後跑向更衣室，出來時腳上穿著帆布鞋，經過伊瓦爾時，還一邊穿外套一邊跟他說道：「小女孩發病了，我要去找傑爾曼。」巴列斯特說著逕自往大門跑過去。傑爾曼醫生負責照顧整個工廠所有工人的健康，他住在郊區。伊瓦爾立刻對大家轉述這個消息，不帶任何評論，大家都圍在他身旁，面面相覷，露出很不安的樣子，這時大家只聽到大電鋸在空轉的馬達聲。「應該會沒事的。」

其中有一個人這樣說道，很快大家又回到自己的工作位置上，整個廠房又恢復原來的喧雜聲音，但每個人都慢吞吞做工作，好像在等待什麼事情發生似的。

一刻鐘之後，巴列斯特回來了，他脫下外套，一句話不吭，又從小門出去。太陽光在玻璃窗上反射跳躍著，隔了一會兒，就在電鋸沒有在鋸木板的間隔時間，大家聽到了救護車沉悶的鳴聲，由遠而近，現在整個停了下來，靜默無聲，一會兒之後，巴列斯特回來了，大家立即靠過來，埃斯坡吉托關閉電鋸的馬達開關。巴列斯特說小女孩在她的房間換衣服時突然倒了下來，好像被人重擊一般。「啊，是這樣！」馬庫說道，巴列斯特點一下頭，用手對著廠房隨意比劃一下，可以看得出來，他顯得很心煩意亂的樣子。隨後救護車的聲音又響了起來，一夥人聚在一塊，整個廠房鴉雀無聲，黃色太陽光透過玻璃灑射進來，每個人粗造的雙手沿著沾滿木屑的舊褲子往下垂落著。

他穿著和上午過來時一樣的衣服，頭髮顯得有點凌亂，他站在門檻上，凝視著整個空蕩蕩的廠房，然後往前走了幾步，又停下來，望向更衣間，埃斯坡吉托腰部還盤著那條纏腰布，這時轉身面對著他，他感到很尷尬，因為他此刻幾乎全裸，就用一隻腳頂著另一隻腳，藉此保持平衡。伊瓦爾心裡在想，此刻馬庫應該會有話要說，但他一句話都沒吭，他正被噴水龍頭的水流包圍住，沒有人看得見。埃斯坡吉托抓起一件襯衫，匆忙穿上，此時拉薩爾跟他說了聲「晚安」，聲音有點偏小，說著就逕自往一邊的小門走去，伊瓦爾本想叫住他，但門已經關上了。

伊瓦爾沒洗澡，重又穿上衣服，熱情地跟大家道晚安說再見，大家也一樣熱情地回他，他很快走出工廠，騎上腳踏車離開了，可這時背部痠痛又來了。他此刻騎在這長日將盡時刻的街道上，穿過這繁忙擁擠的城市，他騎得很快，他想要趕快見到他的老房子和陽台，他要先好好在浴室洗個澡，然後坐在陽台上看大海，這個時候的海水會比早上時更深更藍，他騎在大道上的斜坡時心裡就想著這些。小女孩也一直讓他感到掛心，他忍不住老是想著她。

回到家裡，小兒子已經從學校裡回來，正專注在讀圖畫書，費蘭德問他是否一切進行順利，他沒吭聲，逕自進入浴室洗澡，然後坐在靠在陽台上小牆壁的板凳上，他上方掛著一些有補丁的衣服，天空變得很晴朗清透，在牆壁另一邊可以看到夜晚時分寧靜的大海。費蘭德端來兩杯茴香酒，還有一個裝著清水的涼水壺，她在她丈夫旁邊坐下來，伊瓦爾告訴她今天所有發生的事情，握著她的手，就像剛結婚時那樣，他講完話後就轉向大海，一動不動，看著輕盈的暮色從海的一端水平線上慢慢轉向另一端的水平線。「啊，這全都是他的過錯！」他說道，他真希望可以變回年輕，費蘭德也是，他們就可以一起離開這裡，前往海的另一端。

訪客

小學教師看著那兩個人正要爬上山坡朝他這邊走過來，一個騎馬，另一個走路。他們還沒爬上通往學校路上那處陡峭的斜坡，學校就座落在這個丘陵半山腰上面。他們在雪地裡蹣跚前進，走在一大片荒涼高地裡的石頭中間，走得很慢。每隔一會兒，這隻馬就會晃著頭噴一下鼻，雖然聽不到噴鼻的聲音，卻可以從鼻子噴出來的白色蒸氣看出來牠是在噴鼻。這兩人之中至少有一人對這個地區應該很熟悉，他們沿著一條幾天來已被白雪覆蓋的小徑前進，小學教師估計在半個小時之內他們到不了山丘上。天氣很冷，他回學校裡找出一件毛衣披上。

他穿過一間空蕩冰凍的教室，已經三天了，黑板上以不同的粉筆顏色畫著法國四條河流流向河口出海，還沒擦掉。連續八個月的乾旱之後，在十月中突然下起一場大雪，一滴雨都沒下，天氣就在一夕之間轉壞，散布在平原高地上村莊的二十個學生就再也不來上課了，必須等天氣放晴。達呂只有一個房間，就在教室隔壁，面向東邊的高原地帶，他只需在這個房間生火就行了，房間有一扇窗子，和教室的窗子一樣，面向大南方。離學校座落的地點幾公里遠的地方，高原地從那裡往南沿伸下去。天氣晴朗的時候，可以看到遠方一大片紫色山巒，越過那裡就是沙漠了。

房間暖和了一些之後，達呂回到窗口，他剛才就是在那裡看到那兩個人，現在看不見了，他們此刻正在爬那陡峭的山坡。天空已經沒那麼陰沉，昨晚夜裡雪停了，早上在模糊的亮光中揭開，隨著雲層的移動，模糊的亮光並未跟著清晰明朗起來。下午兩點鐘，大家會說，一天才要真正開始，但是這怎麼樣也總比過去三天昏天暗地下雪下個不停要好上許多，有時還夾帶著狂風吹動教室的雙重大門。達呂只能耐心待在房間裡，只有偶爾去旁邊小屋照料一下小雞，或是去拿取備用的炭火時，才出去一下。值得慶幸的是，在北邊離這裡最近的小村莊達吉德的小卡車，早在暴風雪來襲的前兩天已經把儲糧送來，他們在四十八小時之內還會再回來一次。

其實，達呂並不擔心暴風雪把他封住，小房間裡堆滿了一袋一袋的小麥，那是政府當局儲放在他那裡的口糧，以便分發給這次旱災受到危害的學生家庭，事實上這些都是貧窮家庭，這次旱災受害最烈，達呂必須每天分發口糧給小朋友們，他很清楚，在這些難捱的日子裡，他們非常需要這份口糧，也許今晚就會有學生的父親或兄長來領取口糧，他們必須忍耐到下一次收穫期的到來。還好從法國運來小麥的船隻現在已經抵達，最艱困的時期似乎已經過去了。但是這場災難很難忘卻，成千上萬的衣衫襤褸的像鬼魂一般的人們在大太陽底下遊蕩，高原日復一日被燒烤著，整塊地都被烤焦了，幾乎焦成像炭了，每塊石頭只要輕輕一踏，立即化成粉末。羊群成千上萬死掉，甚至到處都有一些人死去，只是不太有人知道而已。

在這場災難面前，他在這被遺棄的學校裡生活得像僧侶一般，儘管他能夠賴以為生的東西那麼稀少，他還是很高興，雖然過的是那麼粗糙的生活，牆壁那麼破敗，沙發那麼狹窄鄙陋，他的白色木板書架、他的井水，還有他每個禮拜賴以維生的水和糧食，沒有一樣是富足的，他還是感覺像大老爺那麼高興滿足。然後沒預警就突然下起這場大雪，連事先下場雨來緩衝一下都沒有。這地區就是這樣，生活很嚴酷，沒有人能夠倖免，他在這裡土生土長，要是離開這裡到別的地方去，他會覺得像被放逐一般。

他走出門外，爬上學校前面的土台，那兩個人現在才爬到山坡的一半，他認識騎馬那個人，他已經認識很久的一位老警官，叫做巴杜西，他用繩子拉著一個阿拉伯人，兩手捆綁一起，頭低低的，跟在他後面走著。警官向達呂揮手致意，達呂沒有回應，他正忙著打量後面的阿拉伯人，阿拉伯人身穿一件褪了色的藍色帶風帽長袍，腳上穿一雙涼鞋和米灰色棉襪，頭上纏著一條既窄又小的伊斯蘭頭巾。巴杜西緊緊拉著馬，以免碰傷阿拉伯人，他們慢慢靠近，走得非常慢。

等更靠近的時候，巴杜西喊叫道：「從艾勒阿穆爾到這裡才三公里遠，卻走了整整一個鐘頭！」達呂沒有回應，他緊緊裹著那件厚重的羊毛衣，看著他們走上來，等他們來到土台時，達呂說道：「您好，進來暖和一下吧。」巴杜西很吃力地從馬上跨下來，繩子還一直握在手裡，他向小學教師露出微笑，嘴上的小鬍子都冷得豎起來了，他的兩隻眼睛顯得黯淡無光，深陷在曬黑的額頭底下，他的嘴角布滿皺紋，讓他看起來一副很專注的樣子。達呂接過韁繩，把馬牽進旁邊的小屋裡，等到他回來時，他們已經進到學校裡來了，正在等他過來，他把他們引進自己的房間。「等我把教室暖和一下，」達呂說道，「我們在那裡比較自在一些。」他回來房間時，巴杜西已經坐在沙發上面，他早已解掉牽著阿拉伯人那條繩索，阿拉伯人蹲在火爐旁邊，手上的繩子還一直綁著，頭上的頭巾往後拉下，他一直望著窗口。達呂起先沒有注意到他的嘴唇很大很厚，甚至很肥碩，很像黑人的嘴唇，相對鼻子卻很狹窄，眼睛很小，像燒著一股火氣，頭巾蓋著那看起來像是很固執的額頭，由於寒冷，那深褐色的皮膚失去了光澤，整個臉龐看起很憂慮卻又桀敖不馴的樣子，特別是當他轉頭看著達呂，注視著他的眼睛的時候，達呂著實嚇了一大跳。「你們先過去那邊，」小學教師說道：「我來給你們煮薄荷茶。」「謝謝，什麼苦差事！退休萬歲！」巴杜西說著，然後用阿拉伯語對他的犯人說：「過來，你。」阿拉伯人起身走到他面前，舉起綁在一起的手腕給他看一下，然後一起走入教室。

達呂端著茶，另外又拿著一張椅子進到教室，巴杜西早已端坐在第一張學生桌子上，阿拉伯人蹲著靠在講台旁邊，面對擺在講桌和窗戶之間的火爐，達呂要遞茶給他時，看著他仍被縛著的手腕，猶豫了一下。「也許可以把他的手解開了。」「那當然，」巴杜西說道：「那是只有在路上押解時才綁著。」巴杜西嘛了一下嘴，然後起身，達呂把茶放到地上，雙膝跪在阿拉伯人旁邊，阿拉伯人半聲不吭，看著他為自己解索，眼睛發著熱光。繩索解開後，他兩手互相搓著已經發腫的手腕，然後拿起茶杯，小口小口喝著滾燙的熱茶。

「好，」達呂說道：「就說吧，你們準備上哪兒去？」

巴杜西從茶裡頭抓出他的鬍碴，說道：「這裡，孩子。」

「好滑稽的學生！你們睡這裡？」

「不，我要回去艾勒阿穆爾，你，你押解這位朋友去坦奎特，他們會在鎮上公共社區等他。」

巴杜西露出友善的微笑看著達呂。

「我不懂你在說什麼，」小學教師說道：「你在唬弄我？」

「不，孩子，這是上級的命令。」

「命令？我又不是……」

達呂猶豫了一下就停住，他不想為難這位科西嘉老頭。

「總之，這不是我的職務。」

「耶，這是什麼意思？在戰時，大家什麼職務都幹的。」

「那麼，我就等大家宣戰好了。」

巴杜西點頭表示同意。

「好，但命令就在那裡，而且和你有關，這就夠了。大家都在談下一個暴動，簡單講，我們在動員了。」

達呂擺出一副不肯妥協的樣子。

「聽著，孩子，」巴杜西說道，「我很喜歡你，你必須了解，我們在艾勒阿穆爾這個小行政區那邊只有十二個人在做巡邏工作，所以我一定要回去，他們要我把這個怪傢伙交付給你，不得有誤，然後趕著回去，我們沒辦法在那邊繼續拘留他，他的村子已經開始在鬧事了，他們要求釋放他，你要在明天大白天當中把他帶去坦奎特，二十公里的路程，對像你這麼強壯結實的人是難不倒的，之後就什麼都結束了，你回到你學生這裡，繼續過你的美好生活。」

在牆壁後面，在小屋裡可以聽到那匹馬的噴鼻聲，還有馬蹄在踏地的聲音。達呂望著窗口，天氣已經放晴了，太陽光在積雪的高原上灑射著，當雪全都融化之後，太陽會再度盤據大地，再一次肆虐遍地的石頭，不要幾天的時間，太陽會再度一成不變把那乾燥的酷烈光線照射在這孤絕的大地上，居民早已習以為常了。

「總之，」達呂把目光轉向巴杜西：「他做了什麼？」

警官尚未開口回答，他又繼續問道：

「他說法語嗎？」

「不，一個字都不會，我們搜捕了一個月，他們把他藏了起來，他殺了他表哥。」

「他反對我們嗎？」

「我不認為，但我不太確定，我們永遠無法確定這種事情。」

「他為什麼殺人？」

「我想是為了一些家庭的雜務，好像是有一方欠另一方稻穀，我並不是很清楚，簡單講，他用砍柴刀宰了他表哥，你知道，好像在殺一頭綿羊，喀嚓……」

巴杜西作勢把一把刀跨在脖子上的樣子，阿拉伯人被他的動作吸引住，轉頭用很焦慮的眼光看著他，達呂突然對這個阿拉伯人很覺憤怒，他很反對這類基於仇恨的冷血惡劣行徑，他很討厭這種人。

這時火爐上面的水壺發出了叫聲，他又倒了一杯給巴杜西，然後猶豫了一下，也倒了一杯給阿拉伯人，和先前一樣，他很快一口飲盡，他的雙手抬高，把身上的伊斯蘭長袍也拉開了些，露出了瘦而結實的胸膛。

「謝謝，孩子，」巴杜西說道，「我要走了。」

他說著起身走向阿拉伯人，從口袋裡掏出一條細繩。

「你要做什麼？」達呂乾乾地問道。

巴杜西沒答話，把繩子給他看了一下。

「不必麻煩。」

老警官猶豫了一下。

「隨便你，當然，你有武器？」

「我有一把獵槍。」

「在哪裡？」

「放在行李箱裡。」

「應該拿出來放在床旁。」
「做什麼用？我沒什麼好害怕的。」
「他們如果來作亂，你就完蛋了，孩子，沒有人能置之度外，我們現在在同一條船上啊。」
「我知道怎麼自我防衛，他們如果來了，我會有足夠時間反應。」
巴杜西笑了笑，然後嘴巴又合起來，小鬍子又蓋住了他那口雪白的牙齒。
「你會有時間反應？你的腦筋總是有點失常，因為這樣，我才那麼喜歡你，我的兒子也是這樣。」
他說著把自己佩帶的一把手槍解下來，放到桌上。
「拿著，我從這裡回去艾勒阿穆爾，身上不需要帶著兩把槍。」
這把手槍放在漆著黑色的桌面上，閃閃發亮，當老警官轉過身來的時候，小學教師可以聞到他身上皮革和馬的味道。
「聽好，巴杜西，」達呂突然說道，「所有這一切都讓我感到不痛快，首先是你那小夥子，我不會押送他，要我去打仗可以，是的，如果必要的話，這檔事可不行。」

老警官站在他面前，用很嚴肅的眼光瞪著他看。

「你在幹蠢事，」他慢慢地說道，「我也不喜歡幹這種事情，我不喜歡，多少年來老是用繩子綁人，我從來沒有習慣過，是的，甚至為此感到可恥，但我們不能放任什麼事情都不管。」

「我不會解送他。」達呂重複說道。

「這是命令，孩子，我再重複一遍。」

「是的，把我對你說的話跟他們重複一遍：我不會解送他。」

巴杜西顯然努力在思考這件事情，他又再一次仔細看著阿拉伯人和達呂兩個人，他最後終於下了決心。

「不，我什麼都不會對他們說，如果你現在要丟棄我們不管，我也不會告發你，我接到命令把這個犯人解送到這裡：現在我的任務完成了。你現在要在這文件上面簽個名。」

「這沒必要，我不會否認你有把他交給我的。」

「不要為難我，我知道你到時候會說真話，你在本地出生，是條漢子，不過你還是得簽個名，這是例行公事。」

達呂打開抽屜，拿出一個四方形的小瓶子紫色墨水，一支紅色木製筆桿的鋼筆，底下鑲著上士牌筆尖，這是他向來用來寫帖子的筆，他現在用這支筆簽了名，警官把這張簽了名的文件小心翼翼摺疊起來，放到皮夾裡面，然後走向門口。

「讓我送你。」達呂說道。

「不，」巴杜西說道，「不必那麼多禮，你剛剛冒犯到我了。」

他看了一下阿拉伯人，在原來地方，一動不動，看起來一副很憂悶無聊的樣子，他走向門口。「再見了，孩子。」他說道。門在他背後關上，他出現在窗口，然後又消失，因為地上有雪的關係，他的步伐有點蹣跚不穩，那匹馬在隔板後面躁動著，引起那些小雞驚惶不安，隔一會兒，巴杜西牽著馬又出現在窗口，手上握著韁繩，頭回也不回直接走向前面的土台，他先消失，然後馬跟在後面也一起消失了。這時傳來一顆巨石在緩緩滾動的聲音，達呂回到囚犯那裡，發現他一動不動，看到他來了就一直不停瞪著他看。「等一下，」小學教師用阿拉伯語說道，說著就走向他的房間，走到門檻時，突然想到了什麼似的，又折回來，來到桌子前，拿起桌上的手槍放入口袋裡，然後又走向門口，進入他的房間。

他在沙發上躺了很久，四肢伸展開來，望著外面的天空漸漸黯淡下來，聽著四周圍的寂靜無聲。戰後不久時，他初來這裡的前面幾天，最令他感到痛苦的，就是這種寂靜無聲。他當初要求在一些要塞底下的小城一個教書職位，這些要塞隔開高地和沙漠，那裡有許多石頭築成的圍牆，靠北邊的是綠色和黑色，靠南邊的則是玫瑰色或淡紫色，劃分著永恆夏季的邊界。結果他們給他安排的是一個更北邊，甚至是在高地的職位。一開始時，這塊到處是石頭的不毛之地，的確令人感到非常不愉快，特別是孤單和靜默令人更覺難過。有時候，他會看到一些犁溝，以為是人們用來耕作莊稼，結果不是，他們挖出犁溝是為了培養某種特殊石頭，用在蓋房子上面。他們在這裡的一切努力就是為了培養並挖掘寶石，有時他們會蒐集一些土屑，藏在犁溝的窪洞裡，日後用來當作村莊中菜園裡施肥的材料。這個地區有四分之三面積的土地底下藏有寶石，許多城市在這裡誕生、興旺，然後又消失，許多人聚集到這裡來，互愛又互相廝殺，然後死去。在這沙漠裡，不管是誰，包括他和他的客人，都不算什麼，然而，達呂心裡很清楚，他們卻又離不開這裡，只要一離開這裡，就沒辦法真正活下去了。

當他起身的時候，教室裡鴉雀無聲，他突然感到暗自竊喜，因為阿拉伯人可能已經趁虛逃掉，他可以回到孤單狀態而不必做任何決定，然而他的囚犯還是仍然在那裡，在講桌和火爐中間整個人躺了下來，兩隻眼睛睜得大大的，直瞪著天花板看，這個姿勢讓達呂看得更清楚他那厚厚的嘴唇，讓他感覺到他像是在賭氣。「過來，」達呂說道，阿拉伯人起身跟著他離開教室，他們進入他的房間，小學教師跟他指一下窗子底下桌子旁邊的一張椅子，示意他坐下來，他一邊坐下來一邊瞪著達呂看。

「你餓了嗎？」

「是的。」囚犯說道。

達呂拿出兩套餐具，把麵粉和煎油放在盤子上攪和，然後放進瓦斯小爐子裡烘烤，準備做成烘餅。在烤烘餅時，他去隔壁小屋拿乳酪、雞蛋、椰棗和結凍的牛奶。等烘餅熟了，他就拿去放在窗沿，讓它冷卻下來，然後把牛奶煮熱，煎歐姆蛋。他在做這些事情的時候，隨時用手摸著口袋裡的手槍，等這些事情都做好了，他把碗盤擺好，然後走進教室，把手槍放進講桌抽屜裡，等他回來房間時，天色已經暗了下來。他點上燈火，對阿拉伯人說：「吃吧。」阿拉伯人拿了一塊烘餅，很快塞入嘴裡，然後停了下來。

「你呢？」他說道。

「你先吃，我隨後吃。」

阿拉伯人的碩大嘴唇微微張開著，他遲疑了一下，然後開始吃起歐姆蛋。

晚餐完畢，阿拉伯人一直瞪著小學教師看。

「你是法官？」

「不是，我看管你，直到明天。」

「你為什麼要和我一起吃飯？」

「我餓了。」

阿拉伯人不再說話，達呂起身離去，他從小屋裡拿出一張露營用的小床，鋪在桌子和火爐中間，和他自己的床呈垂直狀態。房間角落有一個大旅行箱，平常在那上面置放文件，他從那裡面拿出兩條被子，放到露營小床上面，然後就坐在自己的床上，發現已無事可做，但他必須一直盯著這個傢伙，他的確也一直這麼做，他想像會在這張臉孔看到一絲憤怒的跡象，結果沒有，他只看到溫馴明亮的眼神，還有那雙像動物一般的碩大嘴唇。

「你為什麼要殺他？」他用充滿敵意的聲音問道，他自己都嚇一跳。

阿拉伯人把目光移開。

「他逃跑，我在後面追他。」

他又抬起眼睛看著達呂，眼裡好像充滿一種不悅的詢問氣息。

「現在，他們打算把我怎樣？」

「你會害怕？」

阿拉伯人坐直，把眼睛轉開。

「你有後悔嗎？」

阿拉伯人瞪著他看，嘴巴張開著，顯然沒聽懂他的話，這激怒了達呂，他那碩大的身軀就卡在兩張床之間，覺得很笨拙又很不自然。

「你睡那裡，」他很不耐煩說道：「那是你的床。」
阿拉伯人一動不動，突然對達呂叫道：
「說！」
小學教師瞪著他看。
「警官明天會回來？」
「我不知道。」
「你會和我們一起過去？」
「我不知道，為什麼？」
這名囚犯起身，躺到他的棉被上，雙腳對著窗戶，電燈泡的燈光直接照射在他臉上，他立即把眼睛閉上。
「為什麼？」達呂又重複一遍，說著坐到了床前。
阿拉伯人在強烈燈光照射下張開眼睛，努力不眨眼，直望著他看。
「和我們一起過去。」他說道。
到半夜的時候，達呂始終無法入睡，他睡前把全身衣服脫光了才上床：他向來有裸睡的習慣。當他在房間裡脫光衣服時，曾經猶豫了一會兒，他覺得他這樣做會處在很脆弱的狀況，想了想就把衣服重新穿上，聳了聳肩膀，如果對方膽敢怎樣，就把他劈成兩半。他躺在床上觀察他，他靜靜躺著，一動不動，在強烈燈光照耀下，眼睛一直閉著。他把電燈關掉，一團好像突然凍結的黑暗立即浮現，慢慢窗口開始活躍起來，透過那裡可以看到一片沒有星星的天空。不久之後，小學教師已經可以區辨出躺在他面前的這個軀體，阿拉伯人自始至終都沒動一下，眼睛好樣睜開著。微風開始在學校周圍飄蕩起來，天空的雲朵也動了起來，太陽不久又要再浮現了。

半夜又起風了，小屋裡的小雞跟著躁動了一下，立即又安靜下來。阿拉伯人翻了一下身，背對著達呂，感覺可以聽到對方的打呼聲，他注意到他的呼吸聲音越來越大，也越來越規律，這聲音和他距離太近，讓他一直無法入睡。一年來，他都是一個人單獨在這房間睡覺，如今多了一個人，他覺得很不習慣，但更不習慣的是，這個人在他身上強加了一種兄弟愛的感覺，在眼下處境裡，他可不太能接受這種感覺，他很了解這個：軍隊裡的士兵或監獄裡的囚犯，許多男人共用一個房間，他們之間締結了一種奇怪的情誼，好比每個晚上，盔甲和軍服卸掉了，大家超越各自的相異之處，聚集在同一個房間裡，一起進入那古老的夢幻和疲憊之鄉。達呂可不喜歡這個，他搖搖頭，還是睡覺吧。

隔了一會兒之後，阿拉伯人不知不覺動了一下，小學教師始終未曾真正入睡，阿拉伯人又動了一下，達呂帶著警覺性坐了起來。阿拉伯人用兩手撐在床上慢慢起身，動作好像在夢遊一般，他在床上坐了起來，他等待著，一動不動，也不轉頭看一下達呂，好像他早已聽到他在注意他。達呂不動如山，他這才想到手槍放在教室講桌的抽屜裡，最好現在立刻行動，然而他並沒有動作，他繼續觀察這個囚犯的後續動作：一樣流利的動作，他把雙腳放到地上，稍微等了一下，然後慢慢起身，以自然而無聲無息的步伐往前走去，達呂打算叫住他，卻只是看著他往門口走去，這個門面向旁邊養雞的小屋，他輕輕轉動門把，出去後讓門半掩著。達呂動都沒動一下。「他要逃跑，」他心裡唯一想著：「終於要擺脫重擔啦！」他把耳朵豎起來傾聽外面的動靜，小雞沒在動，那傢伙可能已經跑到高原上了，這時傳來極纖細的水流聲，他分辨不出那是什麼，緊接著門又開了，阿拉伯人輕輕推開門進來，又小心翼翼把門關上，然後回到他的床鋪躺下。達呂轉身背對他，睡著了，不一會兒，他又醒了過來，他感覺剛剛睡著時老是聽到學校四周圍不斷傳來鬼鬼祟祟的腳步聲。「我在作夢，我在作夢！」他不停自言自語，然後又睡著了。

等他醒來時，天空早已一片明朗，清新冷峻的空氣不斷從窗子的縫隙鑽進來。阿拉伯人蜷縮在棉被裡，還在睡覺，嘴巴張開著，彷彿完全被遺棄了一般。當達呂過去把他搖醒時，他嚇一大跳，眼睛露出驚惶不已的樣子，好像完全不認識他一般，小學教師也大吃一驚，往後退了一下。「不要怕，是我，該吃早餐了。」阿拉伯人搖了一下頭說好，他彷彿像是驚魂未定，表情顯露出忐忑不安的樣子。

咖啡煮好了，兩個人一起坐在露營的小床上，一邊喝咖啡，一起吃烘餅，接著達呂帶他到小屋底下的水龍頭，告訴他這是盥洗的地方。然後他回到房裡把棉被和露營用小床收拾好，再整理一下他自己的床，整個房間就收拾得差不多了。他走出房間來到學校旁邊的空地，太陽已經懸在藍色天空中，溫和亮麗的陽光灑射在荒涼的高地上面，在陡坡上，有好幾處的雪也融化了，一些石頭又露了出來，小學教師蹲在那裡，望著這一片無際的荒涼高地，他陷入了沉思，他想到巴杜西，他給他帶來這份苦差事，然後拍拍屁股走人，好像一副事不關己的樣子，他忘不了他跟他說再見的模樣，他現在不知何故，總覺得很空虛，也覺得很受傷害。這時在學校的另一頭，他聽到阿拉伯人在咳嗽，他很生氣，就隨手撿起一顆小石子，往空中丟過去，咻一聲劃過空中，落在雪地裡。他想到這個阿拉伯人所幹的愚蠢罪惡，這讓他很反感，現在要解送他更讓他覺得不是什麼榮耀的事情：他只感到屈辱而已。他詛咒那些只想帶他回去的族人，他特別想到，這個阿拉伯人竟然膽敢殺人，而且，還不懂得逃跑。達呂起身，在空地上轉了一下身，等著，一動不動，然後走進學校。

阿拉伯人正在小屋旁水泥地上彎著身，用兩根手指頭在刷牙，達呂看了他一下，然後說：「過來。」他走在囚犯前面進入房間，他在毛衣上面穿上一件打獵的背心，腳上穿上一雙便鞋，他站著等阿拉伯人穿上伊斯蘭長袍和涼鞋。他們走進學校，小學教師為他的囚犯指了一下出口。「過來這邊。」他說道，囚犯沒動。「我馬上就會過來。」達呂又說道，阿拉伯人一聽就出去了，達呂回到房間，紮了一個包裹，裡頭塞入一些乾麵包、椰棗和糖。回到教室時，他在講桌面前遲疑了一下，然後就跨過門檻，扣上門出去了。「走這邊。」他說道，囚犯跟在他後面，兩人朝東一路走去，但沒走多遠，他好像聽到後面發出細微的聲音，他又回到教室四周圍張望了一下：沒有半個人影。阿拉伯人看著他，看不懂他在幹什麼。「咱們走吧。」他說道。

他們走了一個小時，來到一個鈣石尖頂的地方，他們停下來歇息。雪融化得越來越快，太陽光把水窪裡的水快蒸發乾了，也很快灑遍整個高地，讓整個高地一下子變得很乾癟，像空氣一樣輕飄飄。等他們再出發時，腳步踏在路上都會發出聲響。一隻鳥從遠處劃過天空，飛過他們跟前，發出悅耳的叫聲。達呂全神貫注享受著這清新的陽光，在這熟悉的泛出一片黃色色澤的廣袤空間面前，在這藍色蒼穹底下，他感到心曠神怡。他們一路朝南往下前進，又走了一個小時，他們來到一處扁平高地，地上布滿碎石子，從那裡開始，整個高地往東邊導向一片低處的平原，在那裡可以看到一些瘦削的樹木，往南邊則導向一個遍地石頭的淒涼景觀。

達呂仔細研究這兩個不同方向，都一樣只見一片地平線上的無際天空，底下看不見半個人影。他轉頭看著阿拉伯人，阿拉伯人也正看著他，搞不清楚他要做什麼。達呂把手上的包裹遞給他。「拿著，」他說道，「這裡頭有一些麵包、椰棗和糖，夠你吃兩天，這裡還有一千法郎。」阿拉伯人接過包裹和錢，卻把兩手舉起來遮住胸口，好像有人給他東西時的唯一反應就是這個樣子，除此他不知道該怎麼辦。「現在看好，」小學教師說道，然後指著往東邊的方向給他看。「這是通往坦奎特的道路，走路過去兩個鐘頭就到了。在坦奎特，行政人員和警察都在那裡，他們正在等著你。」阿拉伯人往東邊的方向看去，手上緊緊抓著包裹和錢，達呂抓著他的手臂，有點粗魯地拉著他稍稍轉向南邊的方向，他們此刻正處在高地的山腳下，往南並未開闢出一條真正的道路。「這裡，這是一條穿過整個高地的小路，從這裡往前走去，走差不多一天光景，你會發現一些牧場，還有第一批的遊牧人們，根據他們的律法，他們會歡迎你並庇護你。」阿拉伯人轉頭看著達呂，臉上露出驚慌樣子。「聽著。」他說道，達呂搖搖頭。「不，不要講話，我現在把你放了。」他說著轉身背對他，往學校方向邁出兩大步，然後回頭露出猶豫樣子看看阿拉伯人，他站著一動不動，他繼續往前走，有幾分鐘時間，他只聽到自己的腳步聲，在冰冷土地上迴響著，他沒再回頭。然而隔一會兒之後，他還是忍不住又回頭了，阿拉伯人還是站在那裡，在小山崗旁邊，兩手垂著，看著小學教師。達呂感覺喉嚨好像哽住了，就不耐煩開口咒罵，並向他揮手要他快走。他這時已走遠了，再度停下來回頭看，山崗上已經不見人影了。

達呂猶豫著，這時太陽已經高高掛在天空中，曝曬著他的額頭。他繼續走路，開始時心裡不是很確定，後來慢慢開始變篤定了，他來到一座小山丘，汗流個不停，他快步急速往上爬，終於爬到了小山丘的峰頂，氣喘如牛，他站在高處往下望，遍地石頭的南邊，完全暴露在一片藍天底下，在東邊的平原上，一團熱氣早已升起，在一層很淡的薄霧中，達呂的內心一陣緊縮，他發現阿拉伯人正緩慢行走在通往監獄的道路上。

不久之後，小學教師倚在小學教室窗前，望著從天空高處灑遍整個高地表面的新鮮陽光出神，在他背後的黑板上，他剛剛才讀到，在用粉筆畫的蜿蜒曲折的法國河流之間，以很笨拙的字體寫著：「你解送了我們的兄弟，你將為此付出代價。」達呂望著天空和高地，以及在那背後一路延伸到海邊的土地，他多麼愛這片廣袤的土地，他現在覺得很孤單。

喬納斯或工作中的藝術家

把我丟進大海吧……因為我知道是我把這場大風暴帶給你們。

——《舊約聖經・約拿書第一章十二節》

吉爾貝・喬納斯是個畫家，他相信運氣，他認為他有好運氣。儘管他在許多人面前早已獲得尊敬和崇拜，他還是只相信好運氣。然而，他的這種信念並非沒有美德，比如他自己就隱隱約約承認，他並不值得這樣受歡迎，他並未付出太多，一切歸諸於好運氣罷了。大約三十五歲那年，至少有十來個批評家一致肯定他的創作才華和所獲得的榮耀時，他一點都不感到訝異。他的冷靜主要來自於他的自足感覺，說明了他的謙虛姿態，喬納斯把他的這一切歸諸於他的好運而不是什麼德行，這樣做是對的。

起先，當一位畫商對他提議要給他每個月津貼，以免除他的後顧之憂時，他感到有些驚訝。他的朋友建築師拉杜，從高中時代就很喜歡喬納斯，也羨慕他的好運氣，就對他表示，這點按月津貼顯得很寒酸，不能讓他生活變得更體面，對畫商來講，也沒什麼損失，但他聽不進去，「湊合吧。」喬納斯說道。拉杜向來憑靠自己的努力和本領，在事業上做得很成功，他想藉機好好糾正他的朋友。「什麼，湊合？這要好好討論一下。」喬納斯沒理會，他還是要感謝他的好運氣，他對畫商說道：「一切就按照您的意思辦理吧。」他放棄在父親出版社的工作，以便能夠專心一意在畫作上下功夫。「這，」他說道：「就是好運氣。」

他想到現實的實際狀況，「我的好運一直在持續著。」就他記憶所及，他的好運都一直在不停運作，他很感激他的父母，首先他們以放任方式撫養他長大，讓他可以自由自在培養出作夢幻想的空間，另一方面也是由於他們之間出現母親外遇問題而分居，可是父親這方卻說不出母親的真正外遇是什麼：他無法忍受妻子一天到晚不停的善舉，像個世俗的女聖人，把自己的一切投注在受苦的人類身上，可丈夫堅持對妻子的一切德行有權力過問。「真是受夠了，」這位奧賽羅說道：「老是被這些可憐的傢伙欺騙。」

這場誤會對喬納斯非常有利，他的父母可能有讀到或聽說過，有許多性變態的殺人犯，據說都是早年由於父母離異所塑成，所以他們就爭相寵愛他，讓蛋裡的壞元素還未孳生就加以窒息。但事實並不如他們所預期，他們越是擔憂，看不見的災害就越是更加深入，喬納斯不太表示對自己或日常生活的不滿，他們反而感到疑惑不安，他們加倍關照他，他反而什麼都不要求。

喬納斯表面的不幸為他帶來一位親暱的兄弟，那就是他的高中同學拉杜。拉杜的父母很同情喬納斯的不幸處境，就常邀他來家裡玩，他們的同情姿態激發他們兒子對喬納斯更進一步的友情，這個兒子長得健康勇壯，精力充沛，他早就對喬納斯的才能表現感到極為仰慕崇拜，因此，藉著崇拜和同情之感情的混雜而成為更穩固的友情，包含著互相激勵的成分。

喬納斯並未經過付出努力就輕易完成了他的高中學業，然後進入他父親的出版社，占得一席之地，同時繼續著他的繪畫愛好。他父親的出版事業在法國算得上是數一數二，他不時強調書籍的重要性，在這文化危機的時代裡，書就是未來的希望，因此此刻出版事業大有可為。「歷史表明，」他說道：「歷史上人們讀書最少的時代，也就是買書最多的時代。」他平常只偶爾讀些外界送來出版的稿子，甚至只挑些有作者個性或是有時代性意義這類作品出版（從這觀點看，所謂有時代意義話題的作品總離不開性，這是一般出版者的最愛）。此外，他也愛出版些內容奇特或是免費廣告的作品。喬納斯因此只讀些特定的東西而有更多空閒時間去發展他的繪畫嗜好，他的繪畫技巧因而更加精進。

他生平第一次在自己身上發現到這一意想不到且是讓他堅持不懈的愛好，那就是繪畫，他竟日在這上面投注心力，沒經過多少努力，技巧上日益精進，這世上似乎再也沒有別的東西能夠吸引住他的興趣，連到了適婚年齡他也毫不在乎，他整天畫個不停，繪畫把他整個人吞噬了。他平常待人接物一樣維持著慣有的微笑，免得分心，直到有一天，拉杜騎摩托車載他，騎得太猛出了車禍，把他的右手臂摔傷，打上了石膏，綁上繃帶，整隻右手不能動彈，整個事情才有了改觀：他接觸到了愛。愛情引起了他的興趣，他認為這是他的好運氣使然。沒有這場意外，他根本不可能有機會好好多看路易絲一眼，而她竟是值得他好好多看兩眼。

拉杜可不這麼認為，他覺得路易絲不值得他多看兩眼，他自己生得結實矮胖，可卻只喜歡長得高的女人。「我實在不懂你在這隻小螞蟻身上到底看到了什麼？」他說道。路易絲的確長得嬌小，皮膚黝黑，頭髮黑色，連眼睛也是黑色，但她的臉蛋很漂亮，喬納斯長得高大結實，卻特別鍾情於這隻小螞蟻，何況她還是個勤奮的女孩。路易絲生性好動，卻能博得不好動的喬納斯的喜愛，兩人頗能互補得十分融洽愉快。另一方面，路易絲酷愛文學，而喬納斯從事出版活動，也頗能引起她對他的興致。她什麼都讀，毫不挑選，而且讀過的東西都能過目不忘，喬納斯因此很崇拜她，她能夠教導他如何廣泛吸收新知，讓他了解當下流行的新思潮是什麼。路易絲強調：「我們不應該說，一個人是壞和醜，而是他自己想要壞和醜的問題。」這中間有細微差別，如同拉杜所下的評論，這說明了每個人不同的品質，因而形成不同類型的人。路易絲更進一步確定，這個論點早已為許多論著和雜誌期刊所支持，是顛撲不破的真理，毋需爭論。「你說什麼就是什麼。」喬納斯說道，他一說完就忘了路易絲所說的話，他沉醉在他的好運道之中。

當路易絲獲悉喬納斯只對繪畫有興趣時，她放棄了文學，並且立即一頭栽進造型藝術，一天到晚跑美術館和展覽，還拉著喬納斯一起去參觀，可嘆在他那單純的本性裡，總是看不懂這些當代畫在畫些什麼，他感到很洩氣。值得慶幸的是，路易絲不厭其煩為他解說，讓他了解到這些東西對他的創作的重要性，只是他常常在看過畫展之後隔天就立刻忘記這些畫家的名字，路易絲會馬上斷然提醒他，正如她熱衷文學期間所建立的信念，那就是我們不應該隨意忘卻才剛讀過或看過的東西，然而喬納斯自認好運道始終和他長相左右，擁有好的記憶力和容易遺忘，對他來講並沒什麼差別。

路易絲慷慨奉獻的美麗之火，在喬納斯每天的日常生活中不斷迸出火花，這位美麗好天使使得他能夠避去一般男人可能要做的一些瑣碎雜務，譬如買鞋子和衣物之類的繁瑣事務，因而能為短暫的生命節省下許多時間，她毅然承擔起為了節省時間所發明為人類服務的千百種機器的工作，從處理印刷得曖昧不清的社會保險單據到一天到晚在改變賦稅辦法的稅務單據。「是的，」拉杜說道：「這很不錯，可是她可不能代替你去看牙醫。」她不必去，但她可以為他打電話去約診，約定最理想的看診時間。此外她還料理洗車和度假訂旅館的工作，以及打電話叫瓦斯，有時候還為喬納斯買他要送人的禮物，比如花朵，她會把這些花分配好並親自一一為他送去。有某些夜晚，她會在他家裡過夜，而他剛好有事外出晚回來，她就趁他回來之前，事先到他房間把他的棉被和床鋪好，讓他晚一點回來時什麼都不必操煩，舒舒服服直接鑽入棉被就睡了。

憑著這股相同幹勁，她終於睡到了他床上，他們結婚了。結婚那天路易絲還特別約了市長，把他們的蜜月旅行安排為參觀全國所有美術館，婚後住宿問題也沒難到她，她能夠在很困難的狀況下，在他們新婚蜜月旅行一回來，立即住進一個有三個房間的公寓房子。婚後她連續不間斷生產出兩個小孩，一男一女，但她的理想是三個，就在喬納斯離開父親出版社，全心全力投入繪畫之後不久，第三個小孩適時添補了進來。

然而，路易絲就在連續生完三個小孩之後，她就把全副心力全放在小孩身上，她有想到再好好幫助丈夫，可嘆時間總是不夠用，她也常常為此感到懊惱，而她的堅定個性更加深了她的懊惱。「真是糟透了，」她說道：「可每個人都有自己的事情要忙。」喬納斯對這樣的說法很感贊同，因為他和當時一般的藝術家一樣，只期望能夠一心一意專注在自己的藝術上面，此外別無他求。然而他的藝術創作還是受到了影響，他必須自己去買鞋子，儘管如此，喬納斯還是深感慶幸，因為趁著上街購物之便，他難得圖得短暫幾個鐘頭的獨處時間，這在成對的男女之間，特別是從事藝術工作的人，儘管生活多麼幸福，還是極為稀罕難得的。

這時，生活空間的問題變得遠超過其他的家務問題，因為他們能活動的範圍變小，能用的時間變少。小孩的出生，喬納斯改變職業，從畫商那裡拿到的每個月津貼又那麼微薄，他們沒有能力去購置一間比較寬敞的公寓，狹隘的空間變成只夠喬納斯和路易絲兩個人活動。他們的公寓座落在一間十八世紀旅館的樓上，位於首都的舊城區，許多其他藝術家也都住在這一帶。他們奉行一個原則，那就是藝術要求新求變，必須在舊環境之中去尋求。喬納斯始終擁護這個信念，因此能住在這個區域，他覺得非常愉快自在。

要說舊，這幢公寓可是夠舊的了，但房子裡一些現代化的設計卻顯得很有創意，比如把房間屋頂挑高並開鑿美侖美奐的巨大窗子，在這有限空間裡，讓客人一進來就有著一種寬敞的感覺，甚至還感到壯觀。隨著大都會人口的擁擠和住屋的不敷應付，房子的租金跟著水漲船高，許多房東就把他們較大的房間隔成小房間出租給更多房客，藉以增加租金收入。房客因為感受到他們所謂的「巨大容積的空間」，因此也就沒什麼好抱怨，因為其中的好處是否認不了的，這得歸諸於屋主把隔開的房間挑高，如果不是這樣，租屋的人對他們要如何安置衍生的下一代，恐怕就無以為繼了，特別是那一代，結婚的人特別多，下一代的人自然也就跟著多了起來。大容積空間的好處對屋主來講不只這些，比如冬天的時候，大容積的空間需要更多的暖氣，他們可以藉此跟房客追加暖氣費用的補償金，這會是另一筆額外收入。至於夏天，由於那幾扇大玻璃窗的關係，又沒有百葉窗簾的遮掩，陽光就滲透入整個房間，也許是因為窗太高太大，或是請木工來做太花錢，屋主就故意忽略把窗簾裝上去，其實裝上窗簾並不是多費勁的事情，一方面既可裝飾房間，另一方面，裝設的費用還可轉嫁到房客身上，因此，房東終於答應替他們裝上窗簾，並從他們開的店裡拿材料，以無可挑剔的價錢替他們裝上。其實，這些屋主做房地產事業，只是他們的業餘工作而已，這些社會新貴日常生活的真正事業，是在賣高級紡織物。

喬納斯對這間公寓的優點極為滿意，至於缺點他就不去計較。「一切就遵照您的意思辦理。」有關冬天暖氣費用補償金問題，他跟屋主這樣說道。至於窗簾問題，他就遵照路易絲的意思，在最大房間的主臥室裝一道窗簾，其他房間就不裝了。「反正我們也沒什麼怕人家看。」這個心地純正的女人這樣說道。喬納斯特別喜歡這個屋頂挑得特別高的大房間，完全沒有採光的問題，此外，他們可以從狹窄走道另一頭兩個互相貫通的小房間，毫無阻礙走進這個大房間，可說非常方便。公寓的底端是廚房，隔壁就是設備齊全的舒適小房間，那是浴室，他們只要站進去，動都不必動，就可以享受非常舒服的淋浴。

公寓的屋頂的確高得異乎尋常，和狹隘的房間搭配在一起，使得整個公寓內部看起來像是一個玻璃形狀的平行六方體的奇怪組合，到處是門窗，家具沒得依靠，人行走在裡頭，迷失在白色強烈的光線底下，看起來好似熱帶魚缸裡的浮筒。此外，所有的窗都面向庭院天井，也就是說，以很短的距離和對面相同格局的窗子互相輝映著，你可以在這些窗子裡看到天井的反射影子，感覺像是看到了另一個天井。「這倒像是個玻璃小屋。」喬納斯感到心曠神怡說道。他們採納拉杜的建議，趁小孩還未到來之前，利用其中的一個小房間當作他們夫妻的臥室，至於大房間就當作喬納斯白天的畫室，晚上時就當作大家團聚的地方，或是大家聚在一起吃飯的地方，當然，喬納斯和路易絲如果願意的話，就在廚房站著一起用餐也沒什麼不可以。拉杜為他們原來就很精巧的房間弄了許多新的設施，比如，房間的門弄成滾輪的開關方式，可以拆卸的小桌子，以及可以摺疊的大桌，這解決了房間裡頭家具稀少的缺點，讓整棟已經充滿創意的公寓變得更加舒適，也更加令人感到驚異。

不久之後，當房間開始充斥許多家具和小孩之時，他們必須構思如何重新擺設房間了。在第三個小孩出生之前，喬納斯在大房間裡作畫，路易絲在隔壁的小房間主臥室裡織毛衣，兩個小傢伙就在另一個小房間玩耍，玩火車遊戲，房間裡鋪滿了鐵軌，有時鐵軌還鋪到外面，整棟公寓到處都是鐵軌。他們決定把新生的第三個小孩安置在大房間的一個角落，這樣一來，喬納斯就可以一邊作畫，一邊照應小孩，他可以按照往常方式作畫，另一方面，只要小孩一出聲，他不必有什麼麻煩就可以立刻過去安撫他，但事實上他從來不必去煩擾這些小事，因為路易絲在隔壁房間只要一聽到小孩出聲，就會立即過來，小心翼翼，踮著腳尖，一聲不響走進來。喬納斯為妻子這樣細心體貼的做法很覺感動，有一天他就跟她說，她不必考慮他的感覺，進來安撫小孩時不必踮腳尖，躡手躡腳，不會影響到他的工作，路易絲則說她怕吵到小孩，喬納斯對她的母愛之心很覺感動，知道自己誤會了，就報以真心的微笑相待。其實，他不敢說她這樣小心翼翼進來，事實上比突然直接闖進來更為礙事，因為這樣小心翼翼進來拖的時間更長，其次，她進來時好像在演默劇，雙臂張得很開，前進時大腿抬得很高，身子往後仰著，不引起他的注意實在很難，此外，房間裡到處堆滿畫布，她的這些動作總是多多少少隨時會觸碰到畫布，反而引起更大的騷動，把小孩吵醒或引起小孩的不適之感，這時，喬納斯只得暫時停下工作，趕快過去安撫已被弄醒的小孩，小孩哭鬧聲特別大，做父親的為小孩有這樣的肺活量而感到高興，母親緊跟過來才止住了小孩的哭鬧聲。喬納斯隨後回頭撿起掉落到地上的畫布，手上還拿著畫筆，一面像著迷似地聆聽他兒子所發出來的悅耳而凌駕一切的哭鬧聲。

這也正是喬納斯繪畫事業最成功，同時結交許多朋友的時候。這些朋友經常打電話來，有時則隨興登門造訪。電話設置在畫室裡，電話常常在小孩正在睡覺時響了起來，把小孩吵醒了，小孩的哭鬧聲和電話響聲就互相交雜在一起，這時，在隔壁房間照顧另兩個小孩的路易絲立即夾帶兩個小孩飛奔過來，第一眼馬上看到喬納斯一手抱著小孩，另一手拿著畫筆和聽筒在講電話，電話另一頭正有人誠心邀他一起吃午餐，其他對話則顯得乏味無趣。有人邀請一起吃午餐，喬納斯固然感到又驚又喜，但他比較期待吃晚餐，因為吃晚餐可以保持他一整天繪畫工作的完整性，不必為了吃飯而中斷工作，然而大多時候他的朋友只願意邀他一起吃午餐，因為他們只有中午才有空，特別是現在約的這一餐，這位朋友還特別強調是為親愛的喬納斯保留而騰出的時間，喬納斯接受了。「就依照您的意思吧！」他說完掛上電話。「這傢伙真是客氣！」說著把小孩遞給路易絲，然後逕自又回到畫架前繼續工作，等一下就要吃午餐，接著是晚餐。吃飯時他必須中斷工作，離開畫布，把設計完善的桌子摺疊起來，然後坐在小孩旁邊一起吃飯，吃飯時他會忍不住老是看向他正在畫的作品，然後看看正在慢慢咀嚼和吞嚥的小孩，他知道吃飯要慢慢咀嚼，因此一頓飯總是要吃很久，他曾在報紙上讀到說，吃飯要慢，有助於消化和吸收營養，自此以後他就不介意小孩吃飯吃得慢，才能深入體會吃東西的樂趣。

有時候，他結交的新朋友會來拜訪他，拉杜大多是晚飯後才會過來，他白天在辦公室工作，他知道一般畫家都是在大白天的光線底下作畫。喬納斯所結交的新朋友幾乎都是藝術界或批評界的人物，有的已經在畫，有的準備要畫，另外這批不畫的則是忙著接觸那些已經在畫或準備要畫的人。所有這些人，都把藝術工作看得很高尚，他們抱怨整個現代世界的一切做法，都使得藝術家們在創作時所追求的不可或缺的沉思默想工作變得極為困難。他們有時會利用整個下午來看喬納斯作畫，要求他不要理會他們的存在，請他自由自在依他自己的意思作畫，他們不是中產階級，但他們知道一個畫家的時間是多麼寶貴。喬納斯也樂得有機會跟他們證明，他不會因為有旁人干擾而無法作畫，他甚至可以一邊作畫一邊回答他們所提問的問題，或是笑著聽他們講一些故事和趣聞。

他的自然態度也慢慢讓他的朋友們變得自在起來，大家因為興致很高昂，竟然忘記了吃飯的時間到了。小孩們不怯生，到處跑來跑去，加入他們的行列，和他們一起玩鬧，甚至爬到他們膝蓋上跳來跳去，喧鬧個不停。不久，天井裡從天空投射下來的陽光漸漸變弱，喬納斯放下畫筆，他邀請這些朋友們留下來吃飯聊天，一直聊到深夜，他們談的當然都離不開藝術，甚至還特別談到一些其他沒才華以及喜歡抄襲和唯利是圖的畫家，當然這些人並不在現場。喬納斯喜歡早起，利用早上最新鮮的第一道光線來作畫，這很難做到，因為這樣一來他就沒辦法準時吃早餐，而且容易累，但他倒是特別喜歡晚上和朋友在家裡的聚會，他可以從他們那裡學到很多，可說是獲益良多，對他的創作工作不能說沒有幫助，即使不是那麼明顯。「在藝術上，就跟大自然一樣，我們永遠不會喪失什麼，」他說道：「運道決定一切。」

有時在這些朋友之中也會出現一些他的弟子：喬納斯建立了自己的畫派。起先他感到很訝異，在繪畫上，他覺得自己有待學習的地方還很多，竟然有人要來跟他學習東西，在他看來，藝術家總是在黑暗中摸索前進，怎麼能夠為別人教導出一條明確的真正道路？他很快就看出來，一個人想成為別人的弟子，並不是真的想從對方身上學習什麼，剛好相反，大多時候他們當徒弟反而想藉機教導師父一點什麼，從而獲得某種無私的樂趣。從此以後，他就虛心接受了這一額外的榮耀，他的學生會慢慢跟他解釋他所畫的東西，並跟他說明為什麼要這樣畫。喬納斯由此而發現到他在作品中不曾注意到的諸多意圖以及許多的弦外之音，因而感到訝異，他本來自認為很膚淺，如今因為這些學生的關係而感覺豐富了起來，有時在面對這些不可知的豐富性時，他忍不住會感到異常驕傲。「說的也是，」他自言自語道：「背景裡的一張面孔，本來看起來沒什麼，他們卻說那是間接人性的一種展現。我完全不懂那是什麼，真想不到我可以走到那麼遠。」不久，他就把這一切都歸諸於他的好運道。「好運道會走得很遠，」他說道：「我還是留在路易絲和小孩身旁。」

這些學生對他還有一樣好處：他們逼使喬納斯更加嚴格對待自己。他們平時在談話時，總是把他捧得很高，特別是他在工作上的認真和創作上的力道，讓他感覺不允許自身有任何小缺點，比如，他常常在猛力工作一會兒之後，再重新啟動下一筆之前，會吃一顆糖果或一小塊巧克力，這種嗜好在嚴肅的藝術家而言是不允許的，他只得放棄，但私底下，他還是會忍不住偷偷又來那麼一兩口，然而，他的朋友和學生總是經常圍繞在他旁邊，這樣做畢竟有失風範，更何況為了嗜好忍不住去咬一口巧克力，很可能會破壞了一個晚上談話的興致。

此外，他的弟子還特別要求他要忠於自己的藝術美學。在繪畫上，喬納斯並未遵循什麼美學，他用一種很原始的目光去看待現實世界，只求表現出一種朦朧之美的現實世界，因此他的藝術美學觀念是曖昧不定的。他的學生則否，他們都有自己具體堅定的，甚至是互相對立的各式各樣藝術美學，而且態度非常嚴肅。喬納斯訴求變化莫測的創作方式，這是一般藝術家最愛的方式，他有時會畫出違背他們藝術美學的作品，而讓他們大皺眉頭，他會就此機會深入檢討自己的作品，並藉此尋求最有利的創作方式。

最後，他們會要求他為他們所畫的東西給出意見，以此方式來幫助他。當然，他們不會在大白天做這件事情，他們不會那麼隨興就把一幅正在畫的作品在大白天帶來，擺在他和他正在畫的作品中間，藉著美好光線來品評他們的草圖。但不管怎樣，他們一定要他為他們完成的作品給出批評意見，對喬納斯來講，這可不是一件容易的事情，因為在那時之前，他最深感羞恥的一點就是，他從來無法對一件藝術作品發表任何深刻的意見，如今面對這些顯然帶有塗鴉性質的學生習作要發表意見，他既感到有趣，卻又提不起勁來。他必須建立一套各式各樣的不同語彙，針對不同的作品給出不同的批評。就像大都會裡的許多藝術家那樣，這些學生當中不乏擁有創作才能之輩，他必須針對不同的才能給予不同的評價，以期能夠皆大歡喜。這樁愉快的差事也逼得他必須同時建立一套批評語彙，專門針對他自己的作品，藉此來加以自我審視評判。後來不久，他很快即發現他的學生要求於他的並不是批評，而是鼓勵，甚至於如果可能的話，最好是讚美，而且是各式各樣不同的讚美，他不再像往常那樣只是和藹可親，如今再加上了靈巧的手段。

喬納斯的時間就這樣一天一天過去，每天處在眾多朋友和學生之間作畫，他們圍繞在以畫架為中心的椅子上坐著，有時也會有一些鄰居出現在對面窗口，加入他們的行列，他會和他們一起討論，互相交換意見，回頭看看已經架好的畫布，對從身旁經過的路易絲笑笑，安撫一下小孩，有時還熱烈地接聽電話，畫筆永遠拿在手上，還不時回頭在畫布上沾上一兩筆。大體而言，他的生活過得很充實，幾乎所有時間都運用上了，讓他和煩悶無聊沾不上邊，他把這一切歸諸於他命中的好運。另一方面，他必須常常為一幅畫補上修飾的畫筆，他不怕煩悶無聊，煩悶無聊有其優點，會逼使他更賣力工作，他總是認為，一個人只要全心全力埋首在工作上，煩悶無聊就絕不會趁虛而入。然而，隨著這些朋友變得更加熱絡有趣，他的繪畫速度就變得越慢，即使速度放慢了，在極罕有的孤獨時刻裡，他想把草圖多畫一份，卻會覺得太累而力不從心，在這些時刻裡，他總是夢想能夠有一種方式，可以調和友誼的樂趣和煩悶無聊的優點，也就是說，既可享受友誼，然後又不會影響創作工作。

他對路易絲吐露他心中的感覺，這時路易絲卻開始在擔憂兩個較大的小孩越長越大，小房間對他們而言已變得太過狹小了，她提議把他們置放在大房間裡，用一扇屏風把他們的床擋住，然後把小嬰孩放到小房間裡，這樣一來，嬰孩在睡覺時就不怕被電話鈴聲吵醒，而且，置放嬰孩的地方也不占位置，喬納斯因此可以把他的畫室移到這個小房間，大房間一方面當作兩個小孩的臥室，另一方面當作白天接待客人的地方，喬納斯可以來去自如，甚至也可以在那裡工作而不受干擾，晚上把兩個大的小孩安頓睡覺之後，他們還可以一起在那裡享受夜裡的寧靜。「真是太棒啦。」喬納斯經過沉思之後說道。「而且，」路易絲說道：「如果你的朋友離開得早，我們還可以有多一點時間在這裡單獨相處。」喬納斯默默看著她，她的臉龐抹過一層淡淡的哀愁，喬納斯很覺感動，就把她輕輕拉過來抱住，一陣陶醉，兩人彷彿又回到了新婚時期的快樂感覺。她抖動一下身子：這個房間對喬納斯而言畢竟還是太小了。路易絲拿來一只捲尺，量了一下，他們發現，這個房間由於堆滿他的畫布，以及學生們更多的畫布，這個他平時工作的房間，其實並沒有比他今後要搬過去的小房間大多少，喬納斯毫不遲疑立刻搬了過去。

他雖然工作得更少，也許由於運氣的關係，他的名氣卻變得更響亮，每次辦畫展，總是讓各方翹首企盼，並且迫不及待事先加以大肆慶祝。在這一小撮的批評家當中，有兩位是他畫室的經常性訪客，對這樣的熱絡情況持保留態度，甚至頗不以為然，這惹得他的弟子們十分不悅，適時補償了整個熱絡氣氛的不足之處。弟子們固然很肯定老師當下的作品，但他們更把他早期第一階段的作品置於高於一切的地位，然而他目前的探索更指向一場真正的革命。他曾為別人讚美他早期作品而感到微微不適，不得不為此感到自責，最後還是真心感謝他們。拉杜會低聲埋怨道：「這真是一群好笑的怪傢伙……他們希望你像一尊雕像那樣，都不要動，和他們搞在一起，就是別想好好生活！」但喬納斯不得不為他的弟子辯護：「你不了解，」他對拉杜說道：「你，你只知道喜歡我所畫的一切。」拉杜微笑了一下說道：「我不喜歡你畫在畫布上的畫，我喜歡你廣泛意義上的畫。」

喬納斯畫在畫布上的畫還是廣受喜愛，在一次受到熱烈歡迎的畫展之後，那位之前提供他每月津貼的畫商對他提議，他要增加他每個月的津貼，喬納斯接受了並對他表示感激之意。「我們贊同您，」畫商說道：「大家都知道您很重視金錢。」許多的好意畢竟還是征服了畫家的心，然而，當喬納斯想徵求畫商的同意，他想拿一幅畫去義賣時，畫商卻擔心這樣的義賣恐有「牟利」之嫌，喬納斯不加理會，畫商提醒他必須忠實遵守合約，合約上有規定，他必須在他的同意之下才能從事他的畫作之買賣。「合約就是合約。」畫商說道，他們的合約中並未規定義賣的問題。「就依照您的意思吧。」畫家說道。

新的安排令喬納斯感到很滿意，他現在必須經常自己回覆許多外界的來信，基於禮貌，他要每封一一回覆。信分為兩大類，一類是跟他求教有關他的藝術創作問題，另一類屬於比較私人問題，這一類的信件最多，比如求教要怎樣才能成為一位好畫家的問題，有的甚至還跟他求助財務上的需求。隨著喬納斯的名氣越來越大，他的名字經常出現在報章雜誌上面，跟每個名人一樣，他會被要求出面干預社會上一些令人憤慨的不公正事情，他以寫關於藝術的文章來回覆外界對他的要求，並藉此表達他的感謝之意，同時提出他的建議，可能的話也會提供一些小小的援助，最後他在他們所呈遞的反對不公正的抗議書上簽上他的名字。「你現在也沾上政治了？把這樣的事情留給作家和醜女們去幹吧！」拉杜對他這樣說道。不，他只為和任何政黨的精神無涉的一般抗議書簽名而已，這些抗議書都有其名正言順的獨立性。幾個禮拜以來，喬納斯一直拖著一袋一袋未看的和不斷累積的信件跑來跑去，他給比較急迫的先回信，這些信大多來自陌生人，其他的就留待比較空閒時再回信，這些都是朋友的來信，太多要做的事情使得他沒有閒蕩或憂心的時刻。但他老是覺得一直在拖延事情而有罪惡感，即使在工作時，這樣的感覺依然不能免除。

路易絲為照顧小孩而覺越來越勞碌，有時甚至還要把喬納斯該做的一些家務攬下來做而覺精疲力竭，喬納斯也為此而覺不安，總之，他為樂趣而工作，她則否，落在她身上的永遠都是繁瑣細碎的家務，當她在忙這些事情時，喬納斯自己都看得很清楚。「電話！」大兒子喊叫道，喬納斯立刻丟下畫筆去接聽電話，心平氣定，是一個額外的邀約。「來送瓦斯的！」小孩剛打開大門，送瓦斯的工人站在門口，喬納斯放下電話趕快過去。「來了！來了！」正準備要關上大門，一個朋友和一個弟子出現了，他將他們引進那個小房間，一路上話講個不停，直到進入房間為止。他們都是常來的客人，對這裡已經十分熟悉，有時就站在走道上聊了起來，喬納斯在一旁看著他們，進入小房間之後有時也會插上一兩句話。「這兒，我們多少還可以和你聊聊，」他們一進來就叫道。「無拘無束地。」喬納斯很感動。「說的也是，」他說道：「要不然大家都難得見到面。」他說著為那些沒見到面的人感到遺憾，而那些人正是他最想見到的人，可惜他的時間實在是太緊湊，他無法見到每個人。當他的名氣越來越響亮時，「他變得很高傲，」有人這麼說。「自從成功以後，他什麼人都不見，」或是：「除了他自己，他誰都不喜歡。」不，他愛他的繪畫工作，他愛路易絲和他們的小孩，還有一些其他人，此外，他對所有人都很客氣。生命很短，時間過得很快，他的精力也非常有限，要畫出這整個世界和所有人，自己生活於其中，這是非常困難的。另一方面他無法抱怨也無法解釋橫在他前面的障礙，有人會拍拍他的肩膀說：「得意的傢伙！

這就是榮耀的代價！」

郵件越堆越多，弟子們一點都不敢怠惰，喬納斯注意到，這世界越來越多的人聚在一起，對繪畫產生極大興趣，就像他們曾經對英國王室和美食餐廳那麼熱衷一樣。就現實情況看，這事情主要以女人為主，但她們的作風卻再單純不過，她們自己從來不買畫，但她們會帶男性朋友去藝術家那邊，慫恿他們買畫，卻大多以失望收場。女人大多樂於幫助路易絲，特別是幫她泡茶招待客人，茶杯在大家手上在房裡傳來傳去，傳到走道、廚房和大房間，最後傳到喬納斯的小畫室那裡，他正處在一群朋友和訪客之中，他們這些人剛好塞滿這個小房間。喬納斯原來正在作畫，直到有個迷人的女客人端著一杯茶進來給他，他這才停了下來，放下畫筆，露出感激的神情把茶接過來。

他一邊喝著茶，一邊看著一位弟子剛剛畫好擺在畫架上的一張草圖，然後對著客人笑著，這時他詢問有誰能幫他到郵局去寄一包他昨晚寫好的信，隨後抱起第二個兒子放在大腿上，準備照一張相，這時，「喬納斯，電話！」他的茶杯晃了一下，然後說聲對不起就走入擁擠的走道上，回來之後立刻拿起畫筆，在畫架上的畫布角落補上幾筆，停下來回答旁邊一位迷人女客的問題，顯然他正在為她畫肖像，然後又回頭面向畫布繼續作畫，這時，「喬納斯，簽名！」「是什麼？」他問道，「是郵差嗎？」「不是，是喀什米爾的流刑犯。」「來了，來了！」他隨即來到門口，是一位年輕朋友拿著一份抗議書要來請他簽名，他先確定是不是和政治有關，等確定了之後並收下當局所頒給藝術家載有特權條例的詔書才放心簽了名，旁邊的人跟他介紹這是一位外國的新進拳擊手，也是一位知名戲劇作家，他聽不懂他的名字，對方也不懂法語，無法清楚表達他的意思，喬納斯只能友善地不停跟他點頭，幸虧這時一位傳教士求見，才適時為喬納斯解除了這個尷尬局面，喬納斯很高興，說他本人就是，隨後摸摸袋子裡的郵件，拿起畫筆準備再畫，這時有人送來一對英國塞特犬，他必須停下來跟來者道謝一番，然後把這兩條狗牽進隔壁房間，再回來和這位女捐贈者安排午餐事宜，就在此時突然傳來路易絲的叫聲，他趕快出來查看，路易絲正在把兩隻英國塞特犬牽進浴室，同時宣稱公寓裡不適合飼養這種狗，兩隻狗被關到浴室以後一直叫個不停，把眾人吵得不勝其煩，最後只得裝作充耳不聞。越過眾人頭頂，喬納斯從遠處瞥見路易絲的眼神，他感覺到她的眼神充滿了憂鬱。長日已盡，夜晚降臨，有些客人開始陸續離開，有些則繼續留在大房間裡，他們露出柔和的目光看著路易絲安頓小孩們睡覺，一位戴著帽子的女士在一旁幫忙路易絲安頓小孩，還一邊說她覺得很遺憾，因為等一下她就要回到她在旅館裡分散在兩個樓層的乏味房間，那裡怎麼樣也沒有喬納斯這裡那麼親切溫馨。

一個禮拜六下午，拉杜為路易絲帶來一台衣服烘乾機，將之固定在廚房的天花板。他發現公寓房子裡擠滿了人，在小房間畫室裡，許多藝術行家圍在一旁，喬納斯正在為送狗的那位女捐贈者畫像，同時旁邊還有一位官方藝術家在畫他們。根據路易絲的說法，這位官方藝術家是政府指派來執行任務。「這將是『工作中的藝術家』。」拉杜縮到房子的一個角落，坐在那裡看著他的朋友在聚精會神工作著，這時一位在旁觀的藝術行家靠到他旁邊來，對他說道：「嘿，」他說：「他的氣色很好！」拉杜沒有回答。「您是畫家嗎？」這傢伙繼續說道：「我自己也畫，相信我，他退步了。」「是嗎？」拉杜說道。「是的，成功，人無法抗拒成功，他完蛋了。」「他是退步，還是完蛋？」「一個藝術家退步就是完蛋，您看，他已經沒什麼東西可畫了，開始由別人來畫他，然後把他掛到牆上。」

半夜時分，路易絲和喬納斯夫妻和拉杜聚集在他們的臥室裡，喬納斯站著，路易絲和拉杜坐在床上的一角，每個人都悶不吭聲。小孩都睡了，兩隻狗送去鄉下寄養，路易絲剛剛洗完一堆碟子，拉杜和喬納斯也剛剛幫忙把碟子擦拭乾淨，大家都很累。「雇個女傭。」拉杜望著那堆碟子說道。「我們要讓她睡哪裡？」路易絲幽幽地說道，大家又不說話了。「你覺得滿意嗎？」拉杜突然說道，喬納斯笑了笑，一臉倦容。「是的，每個人都對我很好。」「不，」拉杜說道：「不要隨便相信他們，他們並不是每個人都很好。」「是嗎？」「特別是你那些畫家朋友。」「我知道，」喬納斯說道：「但有許多畫家都是這個樣子，他們不知道怎麼生存，連那些最偉大的也是這樣，他們尋求證據，他們評判，他們譴責，藉此來強化自己，這是生存的開始，他們很孤獨。」拉杜搖搖頭。「相信我，」喬納斯說道：「我了解他們，我們要愛他們。」「那麼你自己，」拉杜說道，「你自己生存得很好？你從來不會說別人的壞話。」喬納斯笑了起來。「喔！我常常想到一些壞話要講，只是都忘了。」他變得嚴肅起來。「不，我不是那麼確定怎麼生存，但我很確定，我會一直生存下去。」

拉杜問路易絲她在想些什麼，她已經從疲倦中掙脫出來，就說喬納斯說的很有道理：他的客人說了什麼並不重要，他的工作才是最重要。她覺得這個最小的小孩干擾到了他，他在長大，應該給他買張大一點的床，可是卻又怕占地方，只好等換一間大一點的公寓再講了。喬納斯看了一下這個臥房，的確，這整個臥房看起來並不是那麼理想，床似乎太大，白天的時候整個房間顯得很空洞，他對路易絲說出他的看法，她正陷入沉思。但這個房間至少有一個好處，那就是不會受到干擾，不會有人來干擾他們。「你覺得怎麼樣？」這時換成路易絲反問拉杜，他正望著喬納斯看，而喬納斯正注視著對面房子的窗戶，然後抬起眼睛看向沒有星星的夜空，接著走去窗前把窗簾拉上，回過頭來對拉杜笑笑並坐到他旁邊，一句話都沒吭，路易絲一副疲憊不堪的樣子，說她要洗澡去了。只剩下兩個好朋友單獨在一起了，喬納斯感覺到他們兩人的肩膀碰在一起，他沒看著拉杜，說道：「我很喜歡繪畫，我要一輩子畫畫，日以繼夜，這是一種運氣，不是嗎？」拉杜看看他，輕聲說道：「是的，這是一種運氣。」

小孩們在長大，喬納斯看到他們活潑快樂，心裡覺得很高興，他們開始到學校上課，下午四點鐘的時候回來，喬納斯可以好好利用禮拜六下午、禮拜四，以及假日期間漫長的白天時光。他們還沒長得那麼大，可以玩些比較聰明的遊戲，但已經長得很活潑強壯，足可在公寓房間裡造成吵鬧干擾，喬納斯必須想辦法讓他們安靜下來，威脅他們或作勢要打他們。路易絲一個人已不足以應付保持他們衣著的乾淨，或是為他們縫補掉落的鈕扣。他們先前曾為請女傭而無法安頓她的問題而傷腦筋，怕她影響到他們在這狹隘空間的親密生活，這時喬納斯就想到，不妨請路易絲的姊姊羅絲過來幫忙，她此刻正帶著一個小女兒在寡居。「是啊，」路易絲說道：「要是羅絲能來，那就太好了，她不會造成任何不便，要是我們隨時要她走路，都不會是問題。」喬納斯對這樣的安排感到很高興，不但可以減輕路易絲的負擔，也排除了他每次看到路易絲那麼勞累時良心上的不安，而且，羅絲會經常帶著她的女兒來一起幫忙，更是大大減輕路易絲在家務上的負擔，這對母女的本性很好，她們的心胸正直寬容，她們竭盡所能，不遺餘力來幫忙家務。再反過來看，她們來路易絲家裡幫忙，等於有親人相伴，得到可能是生活上的安逸，以及煩悶無聊感覺的解除。後來事實證明，他們相處得相當好，從第一天開始，大家都感覺非常的自在。大房間成為大家相聚的場所，同時也是大家吃飯換衣服，或是小孩玩耍的地方，小房間讓最小的小孩睡覺，畫布也全都堆放在這裡，晚上擺一張露營的活動床，羅絲有時晚上不回去時就睡這裡。

喬納斯可以在主臥室裡工作，就隔在床和窗之間的空間裡，只是必須等小孩房間整理好之後，這個房間也整理好了，他就可以進來工作，除了有時有人進來房間找衣服之外，就再也不會有人進來打擾他了：家裡唯一的一座大衣櫥一直都擺在這個房間裡。至於有客人來的時候，如果來得不多，一如往常慣例，他們就隨意躺在主臥室的床上，以方便就近和喬納斯親切聊談，路易絲可不是那麼喜歡這樣。有時小孩會進來和父親撒嬌，「看看我畫的東西。」喬納斯藉機給他們看一下他正在畫的東西，和他們溫柔親兩下，然後把他們打發走，心裡想著他們實在占據太多他心裡的空間，幾乎毫無限制，可是他們不在身旁，又讓他覺得空虛寂寞，他愛他們一如他愛他的繪畫，在這世界上，只有他們和他的繪畫一樣活潑可愛。

然而，他的工作量變少了，他也不知道為什麼會變成這樣，他和往常一樣勤奮，可是感覺下筆很困難，即使是在沒有干擾的孤獨狀況下也是如此。在這些時刻裡，他老是望著天空，變得非常分神，專注在夢幻裡頭，他不作畫，只是想著他的畫，他的藝術創作天職。「我愛好繪畫。」他老是這樣自言自語說著，手上拿著畫筆，身體伸展著，傾聽遠方收音機傳來的聲音。

就在這時候，他的聲望開始下降，大家開始無聲地批評他的作品，有的則用不好的語氣談論他的作品，有的甚至使用惡劣姿態面對他的作品，這讓他感到不安。不過他告訴自己，這也沒什麼不好，他們的攻擊反而會帶給他一股力量，逼使他更加努力去創作。那些繼續來他家的人對他的態度變得不像以前那麼尊崇，反而像老朋友一般，自由自在而毫不拘束，比如有時他和他們聊了一下之後想回去工作，他們會這樣說：「急什麼，你有的是時間！」喬納斯這時忍不住這樣覺得，他們已經把他歸納入他們失敗這一群了。不過，從另外一層意義來看，他們這樣做不能說沒有任何好處。拉杜聳聳肩膀說：「你真傻，他們根本就沒愛過你。」「他們現在有點愛我了，」喬納斯說道：「只要一點點愛，這就夠了，甚至有沒有愛，都不是那麼重要！」他繼續盡其所能和他們談話和寫信，以及畫畫，他繼續努力作畫，特別是禮拜天下午，路易絲和羅絲帶小孩子們出去的時候。到了晚上，他發現他的畫作有所進展的時候，感覺特別高興。這個時期，他畫得最多的就是天空。

有一天，畫商通知他，因為畫賣得少了，他的每個月津貼必須縮減，喬納斯沒有異議，路易絲卻感到憂心。這時是九月，小孩的學校開學，必須為他們買新衣服，路易絲決定自己來做衣服，可卻不久竟累倒了，羅絲想從旁幫忙，可她只會縫鈕扣和修補衣服，喬納斯的表妹會縫紉衣服，就主動要求過來幫路易絲做縫紉。她常常一個人就坐在喬納斯房間的角落裡，靜靜地縫紉著衣服，一句話都不吭，實在是太安靜了，路易絲就跟丈夫提議為她畫一幅叫做〈裁縫女工〉的畫。「好主意！」喬納斯說道。他努力嘗試開始畫表妹，試了兩塊畫布，最後還是回去他已經畫了一半的天空。第二天，他在公寓裡走來走去，陷入了沉思，完全不作畫。這時一位弟子氣呼呼跑進來，拿著一篇很長的文章給他看，他還沒有時間細讀，但他知道他們批評老師的畫被過分高估，而且根本就是過時了。畫商打電話給他，說他的畫的價錢正在節節下滑，他感到很憂心。喬納斯不理會這些，繼續陷在夢幻和沉思之中，他跟學生說，文章裡講的有些是事實，並強調他還有許多年時間可以繼續作畫。至於畫商的憂慮，他說他可以體會，但他無法和他一起分享。他此刻有一幅全新的偉大作品要畫，馬上就要動手，說著他感覺他講出了實話，他的運氣就在一旁，現在欠缺的就是臨門一腳而已。

接下來幾天，他打算在走道上作畫，再隔一天在浴室裡，在電燈底下，接下來一天在廚房。生平第一次，他到處碰到的人都讓他感到不自在，這些他不認識的人，還有他所愛的家人。有一段時間，他完全停止作畫，只有沉思。要是季節對的話，他可能會畫出他的真正主題，很可惜現在季節不對，冬天馬上就要來臨，看來春天來臨之前，是很難畫出鄉村景觀了，他還是要嘗試，但最後還是放棄了，因為他實在無法忍受徹骨的寒冷。他和畫布相處了好幾天時間，要不是坐在畫布旁邊，就是坐在窗前，他不再畫了。他當時養成早上出去的習慣，打算畫些素描，一棵樹、一棟傾斜的屋子，或是路上碰到隨便什麼有具體輪廓的東西，可是黃昏回來時，卻什麼都沒做，這時隨便一個念頭，幾張報紙，偶然的某個遭遇，幾個玻璃櫥窗，或是一杯咖啡的熱氣，便會把他緊緊吸引住了。每個晚上，他老是藉口說有個壞心思一直盤據在他心頭，久久不肯離去。在這段空窗期之後，他肯定很想畫，想要畫得比以前更好，他就這樣投入工作，運氣再度從一片模糊雲霧中走了出來。隨後他喝了許多咖啡，已經離不開咖啡了，但他發現在一天的勞累工作之後，如能來那麼一杯酒，在面對他的畫作時，一樣會帶來某種狂喜的感覺，那種感覺並不亞於在面對小孩時的那種熱絡狂喜感覺。在喝第二杯干邑白蘭地時，那種熱絡的狂喜感覺更上一層，他享受著自己既是世界的主宰，同時也是世界的奴隸的感覺，簡單講，他深深感受到生命的空曠無涯，兩手閒蕩著，無所事事，就是無法在作品中畫出這種感覺，但已經很接近他對生命所能捕捉到的那種愉悅感覺了，而此刻他坐在那裡，已經有好一會兒了，陷入了夢幻世界，正處在一片迷霧和吵雜聲音之中。

他總是避開一般藝術家常會去的地點和場所，有時他會在那裡碰到某個熟識，和他談起他的畫作，他會感到十分震驚，他只想趕快避開，而實際上他也這麼做了。他知道他們在他背後怎麼說他：「他自以為他是林布蘭。」他為此感到異常懊惱。他不再微笑，他以前的一些老朋友為此下了一個奇特而又不意外的結論：「當他不微笑的時候，那就表示他對自己很滿意。」一聽到這個，他變得更加逃避和陰鬱。每次一走進一家咖啡館，感到座位上有個熟人，他就覺得一陣陰霾掃過全身，每秒鐘都是煎熬，他感到全身無力，苦惱不堪，這時他就非常盼望友誼，他想到拉杜的善良目光，想著就猛然走了出去。「這傢伙老是愁眉苦臉！」有一次正當他要離開咖啡館時，聽到旁邊一個人這麼說。

從此他就只去比較偏僻的郊區，在那裡沒有人認識他，他可以自由自在說話和微笑，在那裡，他又恢復了好心腸的本性，沒有人會說他怎麼樣。他結交了幾個朋友，他特別喜歡其中的一個年輕人，這是他常去的一家火車站自助餐館的服務生，這位年輕服務生曾問他「是幹什麼的」，「畫家。」喬納斯回道。「是藝術畫家，還是幫人塗油漆的？」「藝術畫家。」「喔，」年輕人說道：「這不簡單。」他們不再繼續談這個話題。是的，這不簡單，是很困難，可他正在想辦法要擺脫這困難呢，如果有適當的方法可用的話。

日子一天一天過去，酒一杯一杯地喝，他又認識了一些人，來幫忙他的一些女人。在和她們做愛之前或之後，他會和她們說許多話，吹牛的時候居多，但她們並不太相信他所說的話。有時候，他彷彿感覺到以前的力量又回來了，有一天，他更加確定他是被其中一位女性朋友所激發出來，他回到家裡，進入畫室，準備立刻開始工作，她們已不在那裡縫紉衣服。一個小時之後，他把畫布收好，和路易絲笑笑，又出去了。他喝酒喝了一整天，晚上就睡在一位女性朋友那裡，只不過他對這位女性朋友並沒什麼慾望。第二天一早回到家裡時，路易絲出來迎接他，看到他一臉痛苦憔悴的樣子，就問他昨晚是不是和那女人睡了，喬納斯回說沒有，他已經醉得不省人事，不過他以前睡過別的女人。他看到路易絲滿臉訝異和痛苦的樣子，他的心都碎了，他知道他最近的心都沒放在她身上，他感到很不安，他向她道歉，並說一切到此為止，明天一切重新開始，回到從前樣子，路易絲說不出話來，把頭轉到一旁，偷偷擦拭眼淚。

隔了一天，喬納斯一早出門，天下著大雨，他回來時全身濕答答，還抱著一堆木板。這天來了兩位老朋友，他們正坐在大房間裡喝咖啡。「喬納斯要改變作畫風格了，他要在木頭上作畫。」兩個人這麼說道，喬納斯微笑著說：「不是的，我只是想換點新穎的東西試試。」他走向小走道上，浴室和洗手間以及廚房那邊，他走到兩個走道交會的角落，停了下來仔細打量通向陰暗天花板的牆壁，他覺得他需要下去門房那裡借一張小板凳。

當他從樓下上來時，發現房間裡又多了幾個客人，他必須停下來和他們寒暄一番，談談近況和他的家庭問題，然後才又回到剛剛那個角落，這時路易絲從廚房出來，他立刻放下小板凳，把她摟過來緊緊抱住，路易絲看著他。「拜託，」她說道：「不要再畫了。」「不，不，」喬納斯說道：「我要畫，我一定要畫。」他好像在自言自語，眼睛望著別的地方。說著轉身又繼續做他的事情，他在牆壁半高的地方釘了一個類似地板的東西，藉以承受一個狹窄的小閣樓，既高又深。向晚時分，整個大功告成，喬納斯踏著板凳，兩手攀著小閣樓的地板，像懸掛著那般，還晃了幾下，藉以確定是不是牢靠。隨後他來到大房間加入客人的行列，大家看到他那麼親切熱情，都覺得很高興。晚上，等客人走得差不多了時，喬納斯提著一盞油燈、一張椅子、一只小凳子，還有一個畫框，全都丟入小閣樓裡面，底下三個女人和小孩們都露出疑惑眼光瞪著他看。「這就是了，」喬納斯從上面往下說道：「我今後在這裡工作，就不會干擾到別人了。」路易絲問他是否那麼確定。「是啊，」他說道：「這裡不占地方，我也比較自由些，許多偉大的畫家也都在燭光底下作畫，而且……」「地板夠穩嗎？」「地板很穩，不必擔心，」喬納斯說道：「這是最好的解決辦法了。」他說著就逕自下來了。

第二天，天色微亮的時候，他就爬進那個小閣樓，他坐下來，把畫框放在靠著牆壁的小凳子上，暫時不點上油燈，他開始等著。這時他唯一聽到的聲音是來自廚房和廁所，其他聲音則像是來自遠方，客人來訪時按門鈴的聲音或是電話鈴聲，來來去去，還有大家在談話的聲音，他感覺起來像是半壓抑一般，好像來自街上或是天井裡。此外，當公寓裡已經充滿許多很酷烈的光線時，這裡還是一片陰暗。有時候會有某個客人走到閣樓底下。「你在上面做什麼，喬納斯？」「我在工作。」「在沒有光線的地方？」「是啊，暫時這樣。」其實他並沒有在作畫，他在沉思，在這陰暗和半靜默的環境底下，跟過去比起來，如今好像身處沙漠之中或墳墓底下，他只聽到自己心臟跳動的聲音。過去與他有關的一切吵雜聲，如今傳到閣樓裡都與他無關。他像是某些在家中，在睡眠中孤獨死去的人那樣，早上來臨時，在被遺棄的屋子裡面，電話鈴聲響個不停，聲音飄蕩在這已失去聽覺的人身上。然而他卻活著，他聽著這寂靜之聲，他在等著他那還隱藏著的星星，很快就要再來臨，最後必然會再出現，出現在這些個混亂空洞的日子之中。「閃爍吧，閃爍吧，」他說道：「不要從我身上撤走你的光芒。」他很確定，他的星星必定會再為他發射光芒，然而他必須好好反省一番，由於運氣使然，他可以過著孤獨生活而不必離開家人，他同時必須去發現他尚未很清晰明白的東西，儘管這些東西他似乎早已知道，而且經常像是已經明白那樣在畫，他至終必須掌握這層祕密，而這個祕密並非只有藝術創作者才有，他心裡很清楚，也因為這樣，他才不點燃煤油燈。

喬納斯現在每天都鑽進他的小閣樓，訪客變得非常稀少，路易絲要忙許多家務，不太有機會和他談話，喬納斯只有吃飯的時候才下來，一吃完飯就立刻回去他的巢穴。一整天時間，在陰暗裡，他保持一動不動，晚上他等路易絲睡著了才下去就寢。幾天之後，他要求路易絲為他把午餐送上來，路易絲還為此特別料理他的午餐，這讓他很覺感動，不久之後，他怕太打擾到她，就跟她提議，她可以一次做一些食物，讓他存放在閣樓裡，這樣她就可以省去許多麻煩。慢慢地，他在白天就根本不下來了，至於那些食物，他幾乎連碰都沒碰。

有一天晚上，他跟路易絲要求幾條被子：「我打算晚上在這裡過夜。」路易絲抬頭仰望他，看著他，嘴巴張開著，卻說不出話來。她用一種憂慮和哀傷的眼神打量著喬納斯，喬納斯看她時，突然感覺她變老了，他們在一起的生活如何把她折磨到老成什麼樣子了，生活的疲倦啃食她有多深，他回想他好像未曾幫助過她什麼，他覺得好像對她有話要說，就在這時，她對他露出了溫柔的微笑，這反而讓他心頭揪緊了一下。「就依你的意思吧，親愛的。」她說道。

從此以後，他晚上就睡在小閣樓裡頭，幾乎再也不下來了，客人來了，不管是白天或晚上，都一樣見不到他，後來就乾脆不來了。有人說他去了鄉下，另有些人不善於說謊，就說他開闢了一間新的畫室，只有忠實的拉杜，會像往常那樣，常常來看他。他會爬上小板凳，那顆美麗的大頭恰恰好越過小閣樓的地板。「還好嗎？」他問道。「再好不過。」「你在工作嗎？」「跟往常一樣。」「你沒畫布啊！」「我照樣工作。」一個站板凳上，一個在閣樓裡，這樣互相對話實在很困難，拉杜搖搖頭就下去了，去幫路易絲清理汙水槽或修理門鎖，然後不上去小板凳，就直接在底下跟喬納斯道再見，喬納斯在黑暗處跟他回話：「再見，老兄。」一天晚上，喬納斯在說了再見之後，加了一聲謝謝。「幹嘛說謝謝？」「因為你愛我。」「大新聞！」拉杜說著就走了。

另一個晚上，喬納斯把拉杜叫來，拉杜一來就看到煤油燈點亮著，第一次把煤油燈點上了。喬納斯往前傾，把頭探出閣樓，露出一副焦慮樣子。「遞一塊畫布給我。」他說道。「你是怎麼了？你變得很瘦，像鬼一樣。」「我已經好幾天沒吃東西了，這沒什麼，我必須工作。」「先吃點東西。」「不，我不餓。」拉杜遞給他一塊畫布，喬納斯在縮回閣樓時問道：「他們還好嗎？」「誰？」「路易絲和小孩。」「他們很好，你如果能陪他們，他們會更好。」「我不會離開他們，好好跟他們講，我不會離開他們。」他一說完就投入黑暗之中。拉杜跟路易絲談到他的憂慮，路易絲說這些日子來她也是飽受折磨。「怎麼辦？啊！要是我能在他位置上代替他工作就好了！」她跟拉杜裝了一下苦臉，一副莫可奈何的樣子。「沒有他我活不下去了。」她說道，她的臉龐彷彿又回到了少女時代的樣子，拉杜感到有些訝異，也注意到她臉紅了。

這整個晚上，一直到第二天整個上午，煤油燈都是點亮著，只要一有人走過來，不管是路易絲還是拉杜，喬納斯就只說：「別吵我，我在工作。」到了中午，他要求給他弄來一些煤油，油燈加了煤油之後，又開始明亮閃爍起來，直到夜晚來臨。拉杜留下來和路易絲以及小孩一起晚餐，午夜時，拉杜去跟喬納斯說再見，等了一會兒不見動靜，就逕自離開了。等到第二天早上，路易絲起床後，看到煤油燈還在燃燒著。

美好的一天已經開始，可卻沒看到喬納斯的人出現。他昨晚把畫布擺著靠到牆壁上，他感覺很累，就坐著等著，兩手放到膝蓋上，自言自語說，從現在開始他再也不畫了，他覺得很快樂。他聽到小孩睡時所發出的呼嚕聲、水聲、碗盤的碰撞聲，他可以從大玻璃上面看到反射出來的外面大道上來往的大卡車，整個世界就在那裡，年輕而可愛。喬納斯聽到那美好的人類的嗡嗡聲，這些聲音是那麼遙遠，並不會干擾他內在的喜悅力量，也不會影響他的藝術創作。這些說不出的思想永遠那麼沉靜，把他舉到所有事物之上，既自由又活潑。小孩們在房間裡跑來跑去，最小的女兒一直笑個不停，此刻連路易絲也在笑，他已經很久沒聽到她的笑聲了，他多麼愛他們！他是多麼愛他們啊！他把煤油燈弄熄了，他再度陷入一片陰暗之中，就在這裡，他的幸運之星不是一直閃爍個不停嗎？他認出了他的星星，心中充滿了感激，就在他望著他的星星的當兒，竟一骨碌掉了下去，無聲無息。

「這沒什麼要緊，」隔不久他們請來的醫生這麼說：「他只是工作過度，在一個禮拜之內，他就可以再站起來了。」「很快就可以好起來，您確定？」路易絲說道，臉色一陣慘白。「他很快就會好起來。」在另一個房間裡，拉杜正在看著一塊畫布，上面完全一片空白，喬納斯只在正中央以極小的字母寫出一個字，這個字很容易認出，可是不管怎麼仔細看，就是看不出這個字是solitaire（孤寂），還是solidaire（團結）。

生長中的石頭

汽車在紅土道路上笨重地轉了個彎，這時整個路上變成一片泥濘。夜裡兩個大車燈把道路切割成兩半，右邊路旁出現兩幢鐵皮屋頂的小木屋，靠第二幢木屋的右邊，我們可以在一片薄霧中看到一座由碩大梁木所建成的高塔，從塔的頂端垂下來一條鋼製的纜繩，雖然看不到最頂端的部分，但垂下來的部分在車燈照耀下閃閃發亮，一路越過道路上的斜坡後面，直到不見。這時汽車放慢速度，停在距離小木屋前面幾公尺遠的地方。

這時坐在駕駛座右手邊的男人走下車來，他經過一番困難才擠出車門，一旦下得車來，立刻挺直身子，稍稍搖晃一下他那肥碩的身軀。他就站在汽車旁邊的陰暗部分，因為疲倦的關係，顯得有點無精打采，但還是牢牢站在地上，傾聽著汽車引擎的怠速轉動聲音。然後他往斜坡的方向走去，把身體暴露在車燈的光線照耀底下，他走上斜坡的頂端，停了下來，他那碩大的背脊和黑夜互相輝映著。隔了一會兒，他又折了回來，在黑暗中，司機的臉擱在汽車儀表板上發著亮光，微笑著。那個人跟他做了一個手勢，他立刻把汽車熄了火，很快地道路上和森林裡陷入一陣寂靜之中，只聽到流水聲。

那個人望著低處的河流，河流在黑暗中潺潺流動著，還不時閃爍著粼光。在另一頭遠處，夜晚顯得安詳寧靜，像是凝固了，想必那就是河的對岸了。仔細看的話，可以看到這寧靜的岸上有一團黃色的火焰，像是遠方一盞黃色的掛燈。胖子轉身走向汽車那裡，他跟司機點了一下頭，司機把大燈關掉，然後又打開，讓燈規律性地閃爍著。斜坡上的這個傢伙在車燈一閃一滅之間，顯得非常高大。突然之間，河流對岸上一隻看不見的手舉起一只燈籠，在空中上下晃了幾下，晃到最後一下之後，司機把車燈整個關掉，胖子和汽車一起消失在黑夜裡。車燈關了之後，河面顯得明亮起來，至少可以看到一些波浪在洶湧翻騰著。道路兩旁的林子一片烏黑，和天空連在一起，好像就近在眼前。一個小時之前，一陣小雨才剛把整條道路洗刷了一番，空氣中飄蕩著一股微溫的氣息，使得這片原始林子中間這塊空地的寧靜氣息更加顯得沉重，一片烏黑的天空中閃爍著朦朦朧朧的星星。

這時，另一邊河岸傳來鐵鍊的聲音，還有陰沉厚重的聲響，在這邊小木屋上方，剛才那個人一直在那邊等待著，在他的右手邊，鋼纜一路往前延伸過去，鋼纜裡頭還會發出一股吱吱喳喳的聲音，同時之間，河流上的流水也發出湍急流水聲，兩邊聲音互相參雜，那只燈籠的燈光也越來越大，現在可以看得很清楚，燈籠四周圍繞著一個很大的黃色光圈，光圈慢慢在變大，然後又縮小下來，即使如此，燈籠的光線還是很強烈，穿透四周圍的霧氣，在頂上和四周圍閃閃發亮，在頂上照出一個由乾燥的棕櫚葉覆蓋的四方形屋頂，四個角落用大的竹片撐著。這個凸出來的屋頂四周圍一片陰暗，慢慢漂向岸邊，當它漂到河中間的時候，在黃色燈光中間冒出三個上身赤裸的小人，身體顏色幾乎是黑的，戴著錐形帽，他們大腿微微岔開，穩穩站著，一動不動，在一片漆黑中，水上突然冒出一只竹筏，在激流中擺盪不定，三個小人彎下身努力要把竹筏拉正。當渡輪靠過來的時候，可以看到在屋頂後方，就在上游地帶，出現兩個高大的黑人，上身赤裸，頭戴寬邊草帽，下身穿著灰褐色長褲，兩人肩並肩用盡全身力量，用撐船的竿子探入水底，力圖保持渡船的平衡。前面那三個黑白混血的小黑人，一動不動，眼睛眨都不眨，望著河岸慢慢靠近，對那正在等他們的人看都不看一眼。

渡輪突然猛烈撞擊到深入水中的碼頭頂端，船上的燈籠劇烈搖晃了一下，經燈籠的燈光這一照，才知道剛剛撞到的是座碼頭。那兩個高個子黑人一動不動，兩手舉在頭上，緊緊握著快要下沉的竹竿的尾端，肌肉緊繃，還微微顫抖著，然後跳上木板，在碼頭和渡輪之間放下一塊像吊橋的踏板，蓋住了竹筏的前面部分。

剛才那個人走回汽車旁邊，坐上他的位置，司機發動汽車引擎，沿著斜坡慢慢駛去，引擎蓋一路指向天空，越過斜坡之後，轉向河流的方向，路上有一些爛泥巴，汽車常常必須踩一下剎車，才又繼續行走，一路走走停停，終於來到碼頭，車子壓到地面上木板，木板發出聲響並彈跳了起來，最後來到了最靠岸邊的地方，三個混血小黑人靜靜站在那裡恭候著，汽車慢慢滑過跨板，往竹筏上面滑了過去，前面兩個輪子上去時，竹筏向下猛然沉了一下，但立刻又浮了上來，隔一會兒，整部汽車終於上去了，司機把車往後面開過去，停在掛著燈的方形屋頂前面。那幾個混血小人很快收起那塊跨板，一溜煙跳進渡船裡，用竹竿很快把船撐離開泥濘的河岸。河流的載浮力很大，能讓竹筏安穩地浮在水面上，沿著一條懸在空中的鋼繩慢慢滑行。這時那兩個高大的黑人使勁收起那兩支撐竿，車內那人和司機走出車外，站在竹筏上，面對上游的方向。在這整個過程當中，沒有人講話，一切都在靜默中一聲不響進行著，直到現在，大家還是默不作聲，靜靜待在自己的位置上，除了其中一個高大黑人，在他那粗造紙袋上正在捲一支香菸。

那個人望著那片巴西森林的大缺口，這條河流就是從那裡冒出來，他們現在正在逆流而上，這裡河寬幾百公尺，河水光滑洶湧，不斷拍打渡輪的側邊，然後向兩邊奔流，又再度形成一股洶湧潮流，緩慢繼續流動，穿過這片陰暗森林，流向黑夜和大海。空氣中飄蕩著一股淡淡的香味，來自水中，或是來自像海綿的天空，這時渡輪底下傳來沉重的水擊聲，同時也傳來來自兩岸邊的牛蛙或是奇怪鳥類的宏亮叫聲。胖子走向司機，司機很瘦小，他此刻正靠在一根竹柱上面，兩手握成拳頭放在一件藍紅相間的外衣口袋裡，這外衣原來是藍色，因為日積月累不斷沾染紅色灰塵，才變成藍紅相間。他年紀還輕，可他的微笑卻已在臉上造成了皺紋，此刻他正茫然望著濕氣凝重的天空中閃爍不定的星星。

來自岸邊的鳥叫聲變得更加宏亮，還夾雜著不知名的聒噪聲音，就在這時，鋼纜發出了嘎嘎聲響，兩個高大的黑人把他們手上的竹竿插入水裡，胡亂攪動，直探水底深處。胖子轉身望向他們才剛剛離去的河岸，此時沉浸在一片烏黑夜色和茫茫水中，這片龐然夜色就像綿亙幾千公里的樹蔭一樣，巨大而粗暴，蓋住一整片大陸。在附近的大洋和這佈滿植物的內海之間，此刻一小撮人像迷航一般，正航行在這荒涼野蠻的河流上面。這只竹筏終於碰上了碼頭，所有纜繩放下來，經過幾天驚惶不安的航行之後，他們在一片黑暗中在一座小島旁靠了岸。

他們一上岸就聽到許多人聲，司機付錢給他們，那些人在黑暗中露出很愉快的樣子，還不斷用葡萄牙語對著他們正啟動往前行進的汽車示意致敬。

「他們說離伊瓜普還有六十公里，再走三個鐘頭就到了，蘇格拉底聽了很覺高興。」司機宣稱道。

胖子一直笑著，大聲開懷笑著，他看起來就是有這麼好心情。

「我也是，蘇格拉底，我覺得很高興，這路可不好走。」

「太沉重啦，達拉斯特先生，您是太沉重了。」司機說著，一直笑個不停。

汽車以稍快速度繼續往前行進，行走在一片像高牆一般的林木叢和錯綜盤節植物之中，空氣中飄散著一股淡淡的帶有甜味的香味，許多閃閃發亮的螢火蟲在陰暗的林木中交錯著飛來飛去，有些紅色眼睛的鳥兒會突然從遠處飛來撞擊汽車的擋風玻璃，有時還會從黑夜深處傳來幾聲虎嘯，司機一邊開車，同時忍不住對他旁邊的胖子露一下滑稽的表情。

汽車沿途彎來彎去，越過許多小溪流上用木板鋪設的搖搖晃晃的橋梁，一個鐘頭之後，霧變得越來越濃，同時還開始下起毛毛細雨，稀釋了車前大燈的亮度。車子雖然始終搖晃個不停，達拉斯特還是陷入半醒半睡狀態。他們現在終於離開了潮濕的森林，重新回到今天一早離開聖保羅時所走的拉塞拉地區的道路，一路紅土飛揚，馬不停蹄，嘴唇四周都沾滿了紅土的灰塵，同時放眼望去，在這片大草原上到處生長著許多不知名的罕見植物。烈日當空，遠方山巒高低起伏不定，一片蒼白，前方出現飢餓的牛群，在路上鑽來鑽去，迎面飛來一群瘦骨嶙峋的黑禿鷹，牠們剛剛長途飛越一片紅色沙漠，疲憊不堪……飛得跳跳頓頓的。這時汽車停了下來，他們現在來到了日本：路旁到處都是掛著零零落落裝飾的房子，房裡隱隱約約閃現著和服。司機跟一個日本人講話，這個日本人穿得很邋遢，還戴著一頂巴西草帽，他們的車子又啟動了。

「他說還有四十公里。」

「我們在哪裡？東京？」

「不，我們在雷吉斯托洛，來我們國家的日本人全都集中住在這裡。」

「為什麼？」

「沒有人知道，他們是黃種人，您知道，達拉斯特先生。」

整個森林漸漸明亮起來，路況也越來越好，只是有點滑，車子還在一些小沙堆上打滑了一下，從車門縫隙還鑽進來一些潮濕溫溫的酸味。

「您已經可以感覺到，美麗的大海就要到了，」司機以帶著貪婪的口吻說道：「我們很快就要抵達伊瓜普了。」

「希望咱們的汽油足夠。」達拉斯特說道。

他說著又慢慢睡著了。

黎明時分，達拉斯特坐在床上，環顧著他剛剛醒過來的房間，感到很訝異，四周的牆壁很高，從底下到牆壁一半高的地方都漆上棕色的石灰，再上去都是很久以前所漆的白色，一直延伸到天花板，上面早已剝落出一些黃色的小點。他發現他的對面擺了兩排的床，每排各有六張，他看到最旁邊的一張已經有人睡過，現在是空的。他這時聽到他的左邊有聲響，他轉向門口，看到蘇格拉底就站在那裡，兩手各拿著一瓶礦泉水，笑著。「快樂的記憶！」他說道。達拉斯特身體動了一下，是啊，昨晚市長安頓他們住的這家醫院就叫做「快樂的記憶」，「可靠的記憶，」蘇格拉底繼續說道：「他們告訴我，先蓋醫院，然後才有水，最後就是快樂的記憶，先用這辛辣的水洗洗吧。」他說著離開了，還一邊笑著一邊唱著，一點都沒顯露疲倦的樣子，他昨晚被自己要命的噴嚏搞了一整晚，也搞得達拉斯特一晚沒闔眼。

這時，達拉斯特整個人醒了過來，透過他對面的灰色窗子，他看到外面一個紅色地面的小天井，剛被一場大雨洗刷過，雨水正靜靜流過一叢蘆薈，一個女人從那裡走過，手上捧著圍在她頭上的一條黃色頭巾。達拉斯特躺了下來，然後很快又坐起來，下床時床因為他的重量彎了一下而發出聲響，蘇格拉底就在這時候走了進來。「達拉斯特先生，市長正在外面等你。」可他看了達拉斯特樣子後又補充道：「慢慢來，他並不趕。」

達拉斯特用礦泉水刮臉然後從門廊走了出去。市長的身材很好，臉上戴著一副金邊眼鏡，像一隻可愛的鼬鼠，正望著大雨出神。當他一看到達拉斯特出現時，臉上立即露出一股迷人笑容，挺起身子往前要擁抱這位「工程師先生」，就在這時，一輛汽車從天井旁的小牆旁邊冒出來，在濕泥巴裡側滑了一下，斜停在他們面前。「是法官！」市長說道，法官和市長一樣，穿著藍色西裝，但他看起來年輕得多，而且體態也優雅得多，仍然稚氣未脫的樣子。他下車後穿過天井，往他們這邊走來，很優雅地避開地上水坑，在距離達拉斯特幾步遠的地方，他對他伸出雙臂露出歡迎的樣子，他表示他能親自來迎接工程師先生，深感榮幸，同時為工程師先生願意蒞臨像伊瓜普這樣的窮鄉僻壤，為他們建設小小的堤壩，以免除低窪地區定期性的淹水，他感到無比欣慰。控制水患，征服河川！偉大的工作，伊瓜普的人們會永遠記得工程師先生的名字，並且以後永誌不忘，不斷在禱告中加以誦念。達拉斯特很受法官的魅力和美麗言詞所感動，感激之餘卻不敢提及建一座堤壩和法官有什麼關聯，這時市長提醒他們要先前往俱樂部會見一些政要，這些政要要好好歡迎工程師先生，然後再去看看那些低窪地區。誰是這些政要？

「喔，是的！比如我自己就是，我是市長，」市長說道，「還有港務局長卡瓦洛先生，當然還有其他一些比較次要的，這不會讓您太費神的，他們都不懂法語。」

達拉斯特叫來蘇格拉底，告訴他說，中午以前來跟他會合。

「好的，」蘇格拉底說道：「我此刻正要去噴泉公園。」

「公園！」

「是的，每個人都知道那裡，不必擔心，達拉斯特先生。」

達拉斯特出來時有注意到，醫院建在森林旁邊，森林的茂盛樹葉幾乎蔓延整個醫院的屋頂，厚實的森林裡的每棵樹靜靜吸收雨水，每棵樹都形成一張美麗的水網，好像一個大的海綿。城市裡大約有一百棟左右的屋子，屋頂都覆著黯淡顏色的瓦片，整片屋子延伸到森林和河流之間，遠方的微風飄過那裡，一路飄到醫院這裡來。汽車首先行走在濕漉漉的街上，然後很快開進一座很大的方形廣場，地上滿是紅色黏土，有許多坑洞，還有輪胎和木鞋樹壓過的痕跡，四周圍的房子很低矮，牆上塗著五顏六色的粗漆，在廣場後面可以看到一座殖民地風格藍白相間的教堂上的紅色圓塔。在這光禿禿的地方，老是可以聞到從河口飄過來的鹹鹹的味道，在廣場的中央，有一些濕濕的輪廓在那裡晃來晃去，這是一群膚色混雜的人群，有安地斯山的高丘人、日本人、混血的印地安人，還有一些穿著帶有異國風味深色西裝，態度優雅的白種人，他們行動緩慢，步伐細小，他們不慌不忙讓開路，好讓汽車通過，然後停下來，眼睛隨著汽車的方向望過去。當車子停在廣場上一間屋子前面時，一群高丘人立刻湧上來，圍在汽車旁邊。

俱樂部在二樓，像個小酒吧，有一座竹子編成的酒吧檯，還有一張鐵皮的獨腳小圓桌，許多政要正圍在那裡喝酒。市長手上拿著一杯酒敬達拉斯特以示歡迎之意，其他人手上拿著罐頭酒類跟著一起祝賀達拉斯特的光臨，可就在達拉斯特正要喝酒時，一個高個子傢伙，穿著馬褲，繫著綁腿，走到他旁邊抓著他，態度有點粗魯，很快地講了一大堆話，達拉斯特聽不懂他在講什麼，只聽懂「護照」兩個字，他遲疑了一下，隨即拿出他的護照，對方迫不及待接手過來，在翻閱了他的護照之後，臉上露出明顯的不悅神情，又說了一堆話，然後拿著護照在工程師鼻下晃了晃，達拉斯特不動聲色，搞不清楚對方在生氣什麼，這時法官微笑著走了過來，並問到底發生了什麼事，這位已經醉酒的大個兒仔細打量前來干預他的瘦弱傢伙，然後以很不屑的姿態拿著達拉斯特的護照在他面前搖晃個不停，達拉斯特始終不動聲色，就在獨腳圓桌旁坐了下來等著。這兩人之間的對話看起來很激烈，突然之間，出乎大家意料之外，法官開始大聲喝斥大個兒，讓對方像個犯錯挨罵的小孩，低頭無言以對，然後默默走向大門，像個剛被處罰的愚蠢學生，走出去消失不見了。

法官隨後立即走向達拉斯特，並以非常和顏悅色的聲音跟他解釋剛剛發生的誤會，他說剛才那粗魯的傢伙是本地的警察局長，他自作主張以為工程師的護照有問題，他將為他所犯的過錯而受到懲罰。這時，卡瓦洛先生開始對其他政要發表談話，大家圍成一圈聽他講話，他似乎在問他們問題。在一陣短暫討論之後，法官向達拉斯特表達極鄭重的道歉之意，並強調只有喝醉酒才能解釋，為什麼整個伊瓜普會對他忽略該有的尊敬和感激，現在他們討論結果，希望由他來決定如何懲罰這個引起這麼大災難的傢伙。達拉斯特說他不想懲罰任何人，這只是一場無足輕重的小意外，他現在只想趕快去河流那邊看看。這時市長開始講話，他說他要以最高誠意強調，懲罰是無可避免的了，這名罪犯已遭停職，他們此刻正等待他們最尊貴的客人來決定這名罪犯的最後命運，市長堅定溫和的笑容實在教人無法抗拒，達拉斯特只好說讓他好好想想再講，他們當下決定先去低窪地區看看。

黃色的河水已經淹滿低滑的兩岸，他們越過伊瓜普最外圍的幾幢房子，來到河流和堆放一些泥漿和樹枝的斜坡之間的台地，在他們面前，在堤岸的最底邊，就是森林了，幾乎就連在一起，中間沒什麼空檔，好像就在岸旁。河水很快就在樹木之間沖開很大的缺口，形成一股很大水流，灰黃顏色相間，一路奔流到海裡。達拉斯特沒說什麼話，他逕自走到斜坡中間，那裡還留有河水漲起時剛衝擊過的痕跡，有一條淤泥小路往上通往那些小茅屋，在這些小茅屋前面幾個黑人站了起來，靜靜地瞧著這些來者，有些男女手牽手站在堤旁，有幾個小孩站著排在他們面前，挺著鼓鼓的肚子，睜著大大圓圓的眼睛。

達拉斯特走到這些茅屋前面，做了一個手勢請港務局長過來，這位港務局長是個滿臉笑容的胖黑人，穿著一身白色制服，達拉斯特用西班牙語問他可否拜訪其中一間茅屋，他說當然可以，工程師先生想進入茅屋看看一些有趣的東西，這肯定是個很好的主意。他跟幾個黑人說了些話，話說得很慢，並指著河流和達拉斯特，對方只是聽著，一句話都不吭。港務局長說完話，大家一動不動，他又開始講話，語氣有點不耐煩，他詢問其中一個黑人，對方也只是搖搖頭，他接著就用命令語氣短短講了幾個字，那個黑人走出來，面對著達拉斯特，用手指著外面的道路，眼光帶著敵意。這是一個年紀很大的黑人，滿頭花白短捲髮，臉孔細瘦乾癟，但身體看起來還很健朗，在那麻布褲子和破爛襯衣底下的肌肉似乎還很堅硬。他們跟在港務局長和這些黑人後面，爬上另一座新的更斜的斜坡，就在那上頭他們碰到一個女人正從小路上走下來，赤著雙腳，頭上頂著一桶水，走路時有時會稍稍打滑。然後他們來到一個類似拆掉的小廣場的地方，上面矗立著三間茅屋。剛才那位黑人走向其中一間茅屋，推開竹編的門，門上的鎖鍊是籐製的，他退到一旁，一句話不吭，茫然地瞪著工程師看。在茅屋裡頭，達拉斯特只看到屋子中間地上一堆快熄滅的柴火，往角落看去時，他看到一個光禿禿的已經塌陷的銅床架子，另一角落擺著一張桌子，上面擺著一副餐具，在床和桌子中間豎立著一個類似支架的東西，上面貼著一張聖喬治的粗糙畫像，在門口進來的右邊，地上堆著一堆破爛的衣物，天花板掛著幾條五顏六色的纏腰布，正在烤火。達拉斯特站在那裡，一動不動，聞著木柴燃燒的味道，以及從地面上升起的悲慘感覺，堵住了他的喉嚨。港務局長站在他後面，拍了一下手掌，工程師站在門檻上回頭看了一下，在逆光照射下，他看到一個優雅的年輕黑人女孩出現在他面前，她對著他呈遞一樣東西，那是一杯很濃的甘蔗酒，他一口喝了下去，女孩遞過來一個盤子，把空杯子收回來，然後以輕妙動作走出去，轉頭一溜煙不見了，達拉斯特當時有一股慾望，想把她拉住。

他跟著走出茅屋，已不見女孩蹤影，只看見圍在茅屋四周圍的黑人和政要們。他對那位老黑人表達謝意，對方只是默默不語鞠躬回應，然後就掉頭離開了。港務局長跟在他後面，繼續為他解釋說明，同時順便問及里約熱內盧的法國協會何時可以開始動手這裡的工作，還有雨季來臨之前，水壩能否及時完工，達拉斯特說他不知道，他還沒想到那麼遠的現實問題，他說著，在這場無法預料的雨中走向河流，他老是聽到這特殊的不知名的響聲，從他抵達以來，這響聲從未間斷過，是水流聲，還是樹林的聲音，他實在分辨不出來。來到了河流岸邊，他遠眺遠方不規則的海岸線，他想著幾百公里外的非洲海岸，那裡的堅實的水，還有更遠他的歐洲家鄉那裡。

「港務局長，」他說道：「我們剛才見到的那些人，他們靠什麼為生？」
「他們靠打零工過活，」港務局長說道：「我們很窮。」
「他們是最窮的嗎？」
「他們是最窮的。」
這時法官穿著他美麗的雨靴輕輕滑了過來，他說他很高興工程師先生會給這些人帶來工作機會。
「還有，您知道，他說，他們每天唱歌跳舞。」
然後他緊跟著問工程師先生他想好了懲罰的事情沒有。
「什麼懲罰？」
「哎呀，我們的警察局長。」
「饒了他吧。」
「法官說不可能饒了他，他必須接受懲罰。」達拉斯特沒答話，逕自往伊瓜普的方向走去。
在這小小的噴泉公園裡，在雨中顯得既神祕又柔和，在香蕉樹和露兜樹之間，一串串奇異的花朵包覆著樹藤一路延伸過去。一堆被雨淋濕的小石頭形成許多小路的交會點，並在那裡冒出許多各色花草。一些混血兒和安地斯山高丘人在那裡低聲聊天，或在竹林小徑上漫步，一直走到碰上矮樹叢跨不過去為止，森林緊接著從那裡開始。

達拉斯特在人群中尋找蘇格拉底，他卻突然出現在他背後。

「今天是節日。」蘇格拉底笑著說道，說著抓住達拉斯特的肩膀跳了過來。

「什麼節日？」

「喔！」這時蘇格拉底已跳到達拉斯特面前，和他面對面，他對達拉斯特感到有些訝異「今天是好耶穌節呀，你不知道？每年今天大家要帶著鐵錘去洞穴裡。」

蘇格拉底沒指出洞穴在哪裡，他指著公園一角一群正在等待的人。

「你知道，有一天，一尊漂亮的耶穌雕像從海上沿著河流漂到這裡來，一群打魚的人發現了這雕像，多漂亮的雕像！多麼漂亮！他們就在這裡的山洞中把雕像清洗乾淨，之後山洞裡就長出一顆石頭，這一天就成了節日，每年的今天，大家就帶著鐵錘去山洞裡敲那塊石頭，藉以祈福，說也奇怪，你敲了那個石頭之後，它會繼續生長，真是奇蹟。」

他們來到那個山洞外面，在那低低的入口地方，已經有許多人等在那兒。在洞穴裡頭，一片漆黑，在細微燭光照耀下，照出一個蹲著的人形，正拿著一把錘子在敲石頭，這是一個留著很長八字鬍的瘦削的安地斯山高丘人，他這時站了起來，走出洞穴，手上捧著一小塊潮濕的岩石給大家觀看，幾秒鐘後，他小心翼翼合起手掌，走出了洞穴，另一個人低下頭進入洞穴。

達拉斯特回頭，看到四周圍那些人還在那裡等著，一概不理會他的存在，樹上的葉子不斷像簾子般滴下水來，他們也完全無動於衷。他在這洞穴入口，在這相同霧水底下，也在等待著，但他不知道他在等待什麼，事實上，自從他來到這個國家一個月以來，他始終都在等待著。在白天潮濕的紅色熱氣裡，或是夜晚滿天繁星的時刻裡，即使有水壩的工作要做，還要開路，他還是在等待著，好像這些任務只是他來這裡的藉口，他來的真正目的不過只是想碰上什麼出乎他想像的驚人奇遇而已，他就是在耐心等待，在這海隅一角。他要移動，在這小群體裡沒有人注意下離開，他要回到河流那裡，他要開始工作。

但蘇格拉底正在洞穴門口那裡等他，他正在那裡和一個矮壯的傢伙滔滔不絕聊著天，那個傢伙的皮膚像是黑色，但仔細看卻更像是黃色，他的頭頂剃得精光，使得額頭長成像是一個漂亮的弧形，臉上一片光滑，只在嘴邊留了一撮修得整整齊齊的四方形黑色鬍子。

「這是個了不起的傢伙！」蘇格拉底這樣介紹他的新朋友：「他明天要參加遊行。」

這個人穿著一身嗶嘰料子的水手制服，藍白條紋相間的手織上裝，他用他那黑而平靜的眼睛仔細打量著達拉斯特，微笑著，露出他那飽滿雙唇之間閃閃發亮的雪白牙齒。

「他說西班牙語。」蘇格拉底說道，然後轉身面向這位陌生人：

「把你的故事告訴達拉斯特先生。」

他說完跳著舞離開，走向另一群人。那個人收起微笑，然後用一種坦率的好奇眼神看著達拉斯特。

「你對這一切很感興趣，船長？」

「我不是船長。」達拉斯特說道。

「這無妨，但你是個大爺，蘇格拉底這麼告訴我。」

「我不是，但我的祖父是，他的父親也是，他的父親之前全都是，現在我們國家已經沒有大爺了。」

「喔，」這位黑人笑著說，「我懂了，每個人都是大爺。」

「不，不是這樣，我們既沒有大爺，也沒有平民。」

對方想了想，然後說道：

「誰都不用工作，也不用吃苦了？」

「有成千上萬的人，還是要工作和受苦。」

「這就是平民了。」

「可以這麼說，這就是平民了，但他們上面還有警察和商人。」

這位混血兒突然收起了親切的笑容，低聲罵道：

「噯，買和賣，多麼骯髒，哼！而警察，都是一群狗輩！」

他說完緊跟著大笑。

「你不賣東西吧？」

「我不賣東西，我造橋和鋪路。」

「這可好！我是船上的廚子，有機會的話，我來炒一盤豆子請你吃。」

「我很樂意。」

這位廚子靠近達拉斯特，拉住他的手臂。

「聽著，我喜歡聽你所說的，我也想告訴你一些我自己的事情，也許你會有興趣聽。」

他說著一把拉住他，一起來到洞穴門口旁邊，就在一叢竹子底下，坐到一張濕漉漉的木製椅子上面。

「我過去曾經有一度在伊瓜普外海的海上工作，在一艘小郵輪上面，我們沿著海岸航行，為沿海的港口運送物資。有一天，船上突然失火燃燒了起來，這可不是由我引起的，我一直都是很謹慎的，哎呀，只能怪運氣不佳。我們放下一艘救生艇，當時是半夜，一片漆黑，海水很凶猛，救生艇隨著海水漂來漂去，我掉入了海裡，又不太會游泳，我心中充滿了恐懼，一不小心頭撞到了救生艇，我想我完了，就在這時候，我突然看到遠方岸上有一絲光線，我認出那是伊瓜普供奉好耶穌的教堂塔上所發出的光芒，我當時就跟耶穌祈禱，他如能救我脫險，我就在好耶穌日參加遊行，在頭上頂著一個五十公斤重的石頭。也許你不相信，我一祈禱完，海水立即平靜了下來，我的心也跟著一起平靜了下來，我感到很快樂，我慢慢游了起來，直游到岸上獲救，明天我就要去還願。」

他說完突然用一種懷疑的眼神看著達拉斯特。

「你不要笑，好吧？」

「我不會笑，人答應了的事情就一定要做到。」達拉斯特說著拍拍他的肩膀。

「現在，和我一起到我哥哥家裡，他就住在河流旁邊，我來煮些豆子請你吃。」

「不，」達拉斯特說道，「我現在有事情要忙，今天晚上吧，如果你願意的話。」

「好吧，但今天晚上大家會在大茅屋裡跳舞祈禱，慶祝聖喬治節。」

達拉斯特問他晚上跳不跳舞，他的臉色突然變得沉重起來，眼神也變得游移不定，他緊跟著說：

「不，不，我不跳舞，明天我要頂大石頭，石頭很重，不過晚上我會去，去慶祝一下，然後會提早離開。」

「晚上會搞很久嗎？」

「整個晚上，幾乎到天亮。」

他看著達拉斯特，露出有點不好意思的樣子。

「你來跳舞吧，」他說道：「然後來把我帶走，否則的話，我會一直留在那裡捨不得走，我會不停跳舞，我無法控制自己。」

「你喜歡跳舞？」

廚子的眼睛好像看到好吃的食物那樣，突然變得大亮起來。

「喔，是的，很喜歡，到時候會有很多雪茄、聖徒，還有女人，大家會渾然忘我，不顧一切大玩特玩。」

「會有很多女人？從整個城市過來？」

「從整個城市過來？不是，從茅屋過來。」

廚子又微笑了起來。

「你要來，一切聽你船長的，而且，你明天要幫忙我還願。」

達拉斯特感到有一點為難，在還願這件荒謬的事情上面他能做什麼？他看著這張對著他微笑的漂亮的臉，充滿著信心，在那黑色皮膚上面閃爍著健康的生命。

「我會來，」他說道：「現在，讓我陪你走一段路。」

不知何故，此時他感覺又見到了那位遞酒給他喝的年輕黑人女孩。

他們一起離開噴泉公園，沿著幾條淤泥的街道前進，來到一座凹陷的廣場，由於四周圍的房子低矮，因此廣場顯得很大。雖然雨並不是下得很大，牆壁上的粗泥卻是一片濕答答，被雨水滲透著。整個天空像一塊吸水的海綿，河流和林子的聲音像震耳欲聾那般一直傳來這裡。他們步伐一致地走著，達拉斯特比較沉重，廚子則較為輕盈，後者還不斷抬頭和他的同伴微笑，他們往教堂的方向走去，他們從老遠就可以越過一些屋子的屋頂看到教堂，他們來到廣場的邊緣，然後又沿著泥濘的街道前進，這時傳來很強烈的廚房在煮菜的味道，有時候，會有個女人手上拿著一個碟子或鍋子出現在門口，臉上露出很奇怪的表情，然後很快又消失不見了。他們經過教堂門口，來到一個老街區，四周圍一樣都是低矮房子，這時傳來河流的聲音卻看不到河流，在老街區的後面就是達拉斯特所熟悉的茅屋了。

「好，就送你到這裡，咱們晚上見。」他說道。

「好，在教堂前面。」

廚子一直拉著達拉斯特的手不放，他在遲疑著，然後說道：

「你從來沒呼救過，許過願嗎？」

「有，有一次，我認為是。」

「在溺水的狀況下？」

「可以這麼說。」

達拉斯特很快把手縮回來，轉身要走的時候，他碰到了廚子的眼神，遲疑了一下，微笑著說道：

「這件事雖然微不足道，我還是告訴你，因為我的過錯，一個人快死了，我覺得我當時有求救了。」

「你許了願？」

「很久以前？」

「我來這裡之前不久。」

廚子用兩手弄了一下他的鬍子，兩眼閃閃發亮。

「你是船長，」他說道：「我們屬於同一家公司，你會幫忙我還願，就像還你自己的願一樣，對你也是有幫助的。」

達拉斯特微笑著說道：

「我不相信。」

「你很高傲，船長。」

「我很高傲，但我現在很孤單，不過你可否告訴我，你的好耶穌有經常回應你嗎？」

「經常？沒有，船長。」

「然後呢？」

廚子開懷大笑，笑得很清純天真。

「好吧，」他說道：「他是自由自在的，不是嗎？」

達拉斯特在俱樂部和政要們一起吃午餐，市長告訴他，他必須在市政府的金色簿記上面簽名，以見證他這次到訪伊瓜普是個大事件，在一旁的法官，除了拿出德行和才能來讚揚客人之外，同時也想到了一些新的辭令來形容他，那就是他們在他身上看到了他所代表的一個偉大國家的單純性。達拉斯特簡單回說，他很榮幸代表他的國家爭取到能夠在這裡長期工作的機會，面對這樣的謙虛，法官不斷大聲加以讚揚。「順帶一提，」他說道：「您是否想好了我們要如何來處置警察局長？」達拉斯特微笑地看著他，「我覺得……」他認為以他個人的寬宏大量和好施恩澤的本性，不去計較這樣的冒失行為，會有助於他未來在這裡的工作，讓他更進一步認識這個美麗城市和這裡慷慨的居民，能夠在和諧和友善氣氛下順利展開他的工作。法官很專注地微笑著，點頭認同他的看法，他想了一下對方的說詞，然後立即示意其他人為法國這個偉大崇高傳統鼓掌致意，接著再度轉向達拉斯特，很高興宣稱道：「既然如此，我們今晚就請警察局長過來一起吃晚餐。」但達拉斯特回答說他已被邀請參加今晚在茅屋所舉辦的舞會。「喔，是的，很高興您要去那裡，您會看到，我們的人民是很值得令人喜愛的。」

晚上，達拉斯特和廚子以及他的兄長圍坐在一幢茅屋裡中間一個已經熄滅的火堆旁邊，達拉斯特早上才來過這間茅屋，廚子的兄長再看到他並不感到訝異，他不太會講西班牙語，只是不停點頭，廚子對大教堂很感興趣，還有不停談他的黑大豆湯。天色差不多暗了下來，達拉斯特現在還可以分辨清楚廚子兄弟的樣子，但房間角落裡蹲著的一個老婦人和一個年輕女孩，他就分辨不出來了，她們是專門來服侍他的。在房子的低窪處，可以聽到河流單調的流動聲音。

廚子站起來說道：「準備要開始了。」男人們都站了起來，女人們還是坐著不動，達拉斯特跟著站起來，猶豫一下，也加入了他們。這時夜晚整個降臨了，雨也停了，天空一片清澈，同時透著一股黯淡的水氣，地平線上懸掛著一些星星，開始閃爍起來，但很快就一個一個熄滅下來，彷彿掉到了河裡，好像被天空驅逐出境一般，因為天空不喜歡它們的光芒。這時也可以聽到附近大森林傳來的細微聲響，突然，遠處傳來鼓聲和歌聲，起先有點模糊，然後變得清晰起來，越來越近，接著停了下來，不久出現一排黑人女孩，身著粗糙絲質織成的白色袍子，底下放得很低，一位高大的黑人跟在她們後面，這個黑人身穿一件紅色寬鬆外衣，上面披著一串五顏六色的牙齒，緊跟在他後面的是一群零散走著的穿著白色睡衣的黑人，還有一群樂師，每個人手上拿著一個三角形樂器和一只薄薄的大鼓，廚子說，他們要加入這些人的行列。

他們沿著距離最邊緣茅屋幾百公尺遠的河岸，一路來到大茅屋，這個大茅屋很大，裡頭很空曠，由於牆壁上塗有水泥，看起來相對比較舒服些，地板上鋪著打過的泥土，屋頂上鋪著茅草和蘆葦，底下由一根木樑撐著，牆壁上則是空無一物。房間角落有一個小祭台，上頭鋪著棕櫚葉，插著幾根蠟燭，燭火點亮著半個房間。中間掛著一張聖喬治的圖像，擺著一副誘惑者的姿態，嘴上長著小鬍子，像個嚴峻的守護神。在祭台底下，有一個像是神灶的東西，上頭裝飾著洛可可式的紙片，在一碗水和一根蠟燭之間，供奉著一尊紅色的黏土小石雕像，這是一個代表荒誕的神祇，神色凶暴，手上拿著一把銀紙裁成的大刀。

廚子帶領達拉斯特來到靠近大門的一個角落站著，靠著一塊隔板。「待在這裡，」廚子小聲說道：「我們離開時就不會驚擾到別人。」在這個大茅屋裡早已塞滿了人，男男女女，大家都互相挨擠著。熱氣已經上升，樂師在小祭台旁邊擺好位置，男女舞者形成兩個圓圈，男的圓圈在裡層，剛才穿著紅色寬鬆外衣那個高大黑人站在裡層圓圈的中間，他是主角。達拉斯特靠著隔板，兩手交叉在胸前。

這位主角在把兩個圓圈混合在一起時，往他們這邊走過來，態度非常嚴肅，他跟廚子講了幾句話。「不要把手交叉在胸前，船長，」廚子說道：「你這樣做會把神阻擋住，聖靈下不來。」達拉斯特一聽趕快把手放下來，但是背還是依舊靠著隔板，現在他自己，手長腳長的，臉上流著汗，閃閃發亮，神情充滿威嚴，看起來就像是一尊令人敬畏的大神。那位高大的黑人一直看著他，很滿意的樣子，就回到他原來的位置，唱出很嘹亮的歌聲，才唱出前面幾句，整個樂團立即跟著合唱，還一邊擊打大鼓，圍成兩個圓圈的男女這時依反方向互相穿梭而行，踏著很沉重的舞步，好像在跺腳一般，然後又輕輕扭動腰部，整體看去，很像波浪的波動。

房間越來越熱，但整個氣氛也跟著越來越熱絡，幾乎沒有停頓的時刻，大家舞也越跳越起勁，節奏越來越快，那個高個兒黑人一邊不停跳舞，一邊穿過眾人走向小祭台，他走回來時一手拿著一杯水，另一手拿著一根點燃的蠟燭，他把蠟燭插在房間中央的地上，然後拿著杯子在蠟燭周圍灑了兩圈水，接著用瘋狂的雙眼瞪著屋頂看，他全身張開，一動不動，等待著。「聖喬治來了，你看，你看。」廚子喘著氣，眼珠子瞪得很大。

這時有一些在跳舞的人已經陷入恍惚狀態，像是被固定住了，兩手放在腰部，步伐僵硬，兩眼渙散無神；另一些人則加快跳舞節奏，甚至陷入痙攣狀態，並且發出含混的喊叫聲，這些喊叫聲逐步升高，直到變為群體的高聲號叫時，那位主角，眼球一直往上吊著，突然發出一聲念念有詞的喊叫，並激烈大聲喘氣，不斷反覆喊出相同字句。「你看，」廚子喘著氣說道：「他說他身體是神的大戰場所。」達拉斯特聽到廚子的聲音起了變化，看到他身體不斷往前傾，兩手緊握拳頭，眼神僵硬，和其他人一樣不停用腳跺地，他感到非常訝異，他這時也注意到，他的腳並沒移動地方，竟也跟著賣力舞動了起來。

這時突然鼓聲大作，那位紅色大妖魔也跟著像著魔一般大發作起來，兩眼射出熊熊的燃燒火光，四肢在身體周圍旋轉個不停，他必須彎曲膝蓋，兩腿不停交換著跪著，速度越來越快，快到好像四肢就要拆散了似的。突然，他停了下來，看看四周圍的人，樣子顯得既高傲又恐怖，旁邊擊鼓聲音像打雷一般，歡聲雷動。就在這時，房間陰暗角落裡出現了一個舞者，來到附魔者面前跪了下來並遞交給他一把短刀，這位高個兒黑人接過短刀並不停環視四周圍，然後在自己頭上不斷舞弄這把短刀。這時達拉斯特看到廚子早已加入眾人之中在跳舞，他並未注意到他是什麼時候離開過去的。

在一片搖曳不定的紅色光線底下，地面上突然冒出一團令人窒息的灰塵，使得本來已經很黏膩的空氣變得更加沉重。達拉斯特感覺到疲倦正逐漸慢慢襲來，也覺得呼吸越來越困難，他沒注意到什麼時候這些舞者是怎樣弄來這些大雪茄，他們現在正一邊跳舞一邊抽著大雪茄，整個房間煙霧瀰漫，還散發著一股很奇怪的味道。他看到廚子跳著舞從他身旁經過，和其他人一樣一邊跳舞一邊抽著大雪茄。「不要抽了。」他對他說道，廚子只低聲回應了一下，繼續跺著腳步前進，眼睛一直盯著房間中間那根樑柱，他的表情就像是一個被打倒在地的拳擊手，頸背上的肌肉一直抖個不停。在他旁邊有一個肥胖的黑女人，一張像野獸一般的臉龐左右不停搖晃，像狗一般號叫個不停，然而，瘋狂得最嚇人的還是那些年輕黑女孩，她們像著了魔，兩腳緊貼地面，全身像通電一般，從頭到腳，顫抖個不停，肩膀抖得最厲害，她們的頭前後猛力甩來甩去，好像快要被砍下來一樣，眼看著就要飛出去了。就在此一同時，所有人連續不斷一齊發出狂喊叫聲，一種平淡乏味的集體叫聲，沒有明顯的氣息，沒有音調的變化，好像所有身體都被綁在一起，包括肌肉和神經，做一次竭盡全力的大發洩，把每個人要說的話，集中在一起，對著一位至今為止全然沉默不語的人說出。喊叫喧譁聲未間斷過，女人們一個一個倒了下來，高個兒黑人跪到她們旁邊，用他那黑色的大手很快速而痙攣一般的動作，一個一個緊壓她們每個人的太陽穴。她們又站了起來，若無其事一般又回去繼續跳舞，同時繼續喊叫，起先叫得很小聲，接著越來越大聲，越快越急促，直到又倒了下來，然後又站起來，不斷反覆，經過一段時間之後，到最後聲音越來越小，變得沙啞，好像是有氣無力的狗叫聲，像在打嗝一樣。此時達拉斯特感到十分疲憊，長時間站在原地跳舞和沉默不語，全身肌肉繃得很緊，他覺得快站不住了。房間裡的熱氣、灰塵、雪茄的味道，還有人的味道，全都壓得他快喘不過氣來，他用眼光搜尋廚子的蹤跡，他竟然不見了。他扶著隔板蹲下來，他很想嘔吐。

他睜開眼睛，空氣還是一樣混濁，但雜亂的聲音已經停止了，只有低沉的有節奏的鼓聲還在延續著，房間的各個角落，有一些披著白色袈裟的人隨著鼓聲在輕輕跺著腳。房間的中央，杯子和蠟燭已經移開，一群年輕黑人女孩處在半催眠狀態，正在緩慢地舞著，慢得不能再慢，幾乎跟不上節拍了。她們都閉著雙眼，躡著腳尖，前俯後仰地舞著，卻能維持著身體的平衡。這時兩個肥胖的女孩，臉上披著椰子葉織成的面紗，簇擁著一個高瘦的女孩走出行列，達拉斯特突然認出那就是早上拿酒給他喝的那個女孩，她穿著一件綠色的袍子，頭上戴著一頂女獵人的帽子，藍色紗布料子，帽子前面插著幾根劍客的羽毛，同時手上拿著一只黃綠相間的弓，還有一支箭，箭的尾端插著一隻五顏六色的鳥兒。她的身材纖細優雅，美麗的頭顱輕輕緩慢擺動著，稍稍往後仰著，在睡著的臉上反映著某種憂鬱和單純的氣質。音樂停止時，她在半昏睡狀態下踉蹌了一下，差點就跌倒下來，鼓聲的強烈節奏好像看不見的一根支柱把她支撐住了。就在她捲弄著她身上柔軟的阿拉伯飾物時，音樂又戛然而止，她差一點又失去平衡而跌倒下來，這時她發出一聲怪異的鳥叫聲音，很尖銳，但同時卻又很悅耳。

達拉斯特被這緩慢舞蹈所深深吸引住，就在他出神地望著這位黑色黛安娜時，廚子突然出現在他面前，他原來平滑的臉龐完全變了樣，和藹親切的眼神也不見了，只流露著一股貪婪的氣息，他以毫不親切的像跟陌生人講話那樣的口吻跟達拉斯特說道：「已經很晚了，船長，他們要跳舞跳到天亮，他們不要你繼續留在這裡。」達拉斯特覺得頭昏腦脹，他跟在廚子後面沿著隔板來到門口，廚子站在門檻上，手扶著竹門，挪出空間讓達拉斯特出去，達拉斯特回頭看看廚子，廚子一動不動站著。

「走吧，你等一下還要搬石頭。」

「我要留在這裡。」廚子無動於衷說道。

「你不是要還願嗎？」

廚子沒有回答，慢慢把門推開，達拉斯特用一隻手擋著門，兩個人僵持了一秒鐘左右，達拉斯特讓步了，把手放開，聳一下肩就離開了。

外面的夜晚充滿新鮮芳香的氣息，在森林的上方，在這南半球的夜空中，在一層薄霧中，幾顆稀疏的星星正懸在那兒微微發亮，潮濕的空氣顯得很沉重，但從大茅屋走出來，感覺還是十分清爽。達拉斯特走上濕滑的斜坡，來到最前面那一片茅屋，好像喝醉酒的人行走在坑坑洞洞的小路上，他踉踉蹌蹌行走著。附近的森林發出轟轟的響聲，河流的聲音更大，響個不停，整塊大陸籠罩在夜裡，他突然覺得很想嘔吐，他很想在這土地上好好嘔吐一番，這廣大空間的憂鬱和森林裡青綠色的光芒，還有那夜裡被遺棄的河流的滔滔流水聲。這塊土地實在太廣闊，血和季節交融在一起，時間融化了，這裡的生活是和土地貼在一起的，如果想要和這裡結合在一起，那就得躺在這泥濘或乾燥土地上睡上幾年，在歐洲那邊，這樣做只會帶來恥辱和惱怒，在這裡，放逐或孤獨，處在這些頹喪和不停抖動的瘋子之間，他們只想跳舞跳到死。然而，在這裡，穿過這潮濕的夜晚，四處瀰漫著植物的芳香，以及由睡美人所發出的，受傷鳥兒的奇怪叫聲還是傳到了他身上。

第二天達拉斯特醒來時，嚴重偏頭痛正侵擾著他，他一夜沒睡好，一股潮濕的熱氣正籠罩著整個城市和寧靜的森林。他在醫院的門廊上等著，他看了一下手錶，錶停了，他不知道現在的時間，他只是覺得訝異，在大白天這個時間，整個城市竟然靜悄悄的。天空一片蔚藍，壓在一片黯淡的屋頂上面，在醫院對面的屋頂上，停了幾隻透著黃色的黑禿鷹，好像被熱氣熏到睡著了，其中有一隻突然抖動一下身體，張開嘴巴，作勢要飛走的樣子，用沾滿灰塵的翅膀拍了兩下身子，飛離屋頂幾公分高，然後又停回來，立刻又睡著了。

工程師往城裡走去，城裡的主要廣場和他剛走過的街道一樣，沒有半個人影。遠處的河流，飄出一層薄霧，把整個森林籠罩住了，熱氣驟然降臨，達拉斯特趕快尋找一個陰涼角落躲避一下，這時他看到一幢房子的擋雨屋簷下有一個小小的人影在跟他招手，他走過去一看，是蘇格拉底。

「怎麼樣，達拉斯特先生？喜歡昨晚的慶祝活動嗎？」

達拉斯特說昨晚大茅屋裡頭太熱，他比較喜歡外面的夜晚和天空。

「是的，」蘇格拉底說道：「在你家那邊，這會只是一場彌撒而已，不會有人跳舞。」

他說完搓著雙手，用單腳跳來跳去，還轉圈圈，然後喘著氣笑著。

「不可能，他們不會幹這些事的。」

說完他用好奇眼光看著達拉斯特。

「你今天會去望彌撒嗎？」

「不會。」

「那你要去哪裡？」

「哪裡都不去，我不知道。」

蘇格拉底繼續笑著。

「怎麼可能！一個大爺不上教堂，他打算怎樣！」

達拉斯特也笑了起來。

「是啊，你看，像昨晚我就很不自在，所以我很早就離開了。」

「今天和我們在一起，達拉斯特先生，我喜歡你。」

「我很想，蘇格拉底，可是我不會跳舞。」

他們的笑聲在這沉靜的城裡稍稍迴響了一下。

「喔，」蘇格拉底說道：「我差一點忘了，市長想要見你，他今天會在俱樂部吃午餐。」他一說完半聲不吭就直接往醫院方向走去。「你上哪兒？」達拉斯特在後面喊道，他裝出打鼾的聲音說道：「睡覺去，等一下有遊行。」他一邊跑著一邊繼續裝出打鼾聲音。

市長只是想為達拉斯特安排一個方便看遊行的榮譽位置，他還想跟他解釋打算和他分享的一道由肉和米做成的菜，可以顯現奇蹟治好一個癱瘓的病人。他們要先去法官家裡，在陽台上，就在教堂前面，從那裡可以看到遊行隊伍從教堂裡出來，然後他們將前往市政廳，市政廳座落在通往教堂廣場的大街上，遊行隊伍將經過那裡繞回來教堂。市長因為要參與整個慶典過程，所以將由法官和警察局長陪同達拉斯特看遊行。警察局長一直都待在俱樂部大廳裡，並在達拉斯特旁邊隨侍在側，嘴上始終掛著微笑，他講的話達拉斯特完全聽不懂，但知道顯然很誠懇親切，當達拉斯特出來的時候，他會立即走在前面為他開路，把他要經過的門都全部事先打開。

在豔陽高照下，兩個人走在空蕩的街上前往法官家裡，他們的腳步聲在一片寂靜中迴響著，突然，鄰近的一條街道上傳來一聲爆竹的爆炸聲響，停在屋頂上打瞌睡的那群脖子光禿的黑禿鷹，嚇得拖著笨重軀體飛了起來。緊跟著四處都響起了爆竹聲，此起彼落，所有屋子的門打開了，許多人絡繹不絕從屋裡走出來，一下子塞滿了狹窄的街道。

法官對達拉斯特表示，能夠在自己的寒微家中接待他，感到無比的驕傲和榮幸，然後帶著他走上漆著藍色石灰而帶有巴洛克風格的樓梯進入二樓，走到樓梯平台時，幾扇門打開了，幾個棕色腦袋的小孩探頭進來，對他笑一笑，然後很快又把頭縮回去，把門關了。接待客人的房間布置得很漂亮，擺設籐製的家具，還有幾個很大的鳥籠，裡頭的鳥兒嘰嘰喳喳叫個不停。他們來到外面的陽台，陽台面對底下教堂前面的小廣場，這時已經聚集了許多人，卻靜得出奇，從天空而降的熱氣彷彿隱約可見。有幾個小孩在廣場四周圍跑來跑去，有時突然停下來點爆竹，爆竹聲此起彼落。從陽台這個角度看過去，可以看到教堂牆壁上的水泥漆，藍色石灰漆成的台階，兩座藍色和金色的高塔則顯得特別小。

就在這時候，大家的注意力轉向教堂內一個陰暗角落裡的一場小小騷動，管風琴的樂聲早已停止，被從門廊底下傳來的銅管樂器聲音和鼓聲所取代。一些信徒身著黑色法衣，一個一個魚貫走出教堂，先集結在廣場空地上，然後沿著階梯走下去，跟在他們後面的是另一批穿著白色法衣，手上拿著藍紅顏色旗子的信徒，接下來是一小群穿著天使服裝的小男孩，然後是聖母馬麗亞旁邊的一群小傢伙，臉孔黝黑嚴肅。最後由政要們抬著一個框架出現，框架裡供奉的正是好耶穌本尊的神像，這些政要們個個西裝筆挺，卻是汗流浹背，好耶穌手持蘆葦，頭戴荊棘，還淌著血，在群眾的頭上搖晃著，這些群眾早已塞滿整個廣場的階梯。

當供奉好耶穌神像的框架來到階梯底下時，就在那裡停頓一會兒，好讓信徒們整隊靠近觀看，達拉斯特就在這時候看到了廚子，他才剛剛出現在這廣場，上半身赤裸著，滿臉鬍子，頭上頂著一塊長方形大石頭，石頭置放在一塊木板上面，木板把石頭和頭頂隔開。他以沉穩的步伐走下教堂的台階，用短而粗壯的手臂扶著石頭，他一抵達供奉好耶穌框架的後面時，遊行正式啟動。這時一批樂師出現在門廊底下，他們都穿著活潑色彩的短外套，開始聲嘶力竭地演奏他們手上纏著絲帶的銅管樂器。信徒們加快腳步，他們很快就來到通往廣場的一條街道，當供奉好耶穌的框架跟著不見時，大家只看到跟在後面的廚子和那群樂師，還有跟在他們後面的信徒也都混亂了，陷入一團爆竹聲中，此時那群小飛機，適時嗡嗡嗚叫著從最後面那些信徒頭上掠過。達拉斯特特別注意廚子的一舉一動，他這時竟在街道上消失不見了，但突然又瞥見他肩膀傾斜了一下，距離太遠，他看得不是很清楚。

法官、警察局長和達拉斯特走過空無一人的街道，街道兩旁的商店和住家都緊閉著大門，他們來到了市政廳。他們遠離剛才的喧鬧聲和爆竹聲，現在來到這裡，特別能夠感受到這整個城市的寧靜，那幾隻黑禿鷹又飛回牠們原來所盤據的屋頂上面。市政廳面向一條又長又窄的街道，這條街道從城郊一個區一路通向教堂的廣場，現在整條街都空了，從市政廳的陽台上遠遠望去，所看到的這條街道就像是一條凹陷的馬路，特別是最近這場雨，造成到處都是水坑。此時太陽已經漸漸西斜，為街道旁的一些房子在街道上投下一串長長的影子。

他們等了很久，達拉斯特一直望著對面牆上太陽光的反射光芒，竟開始感到疲倦和暈眩。空曠的街道，沒有人影的屋子，這些都很吸引他，但同時也讓他感到噁心，他現在就很想逃離這個國家，他想到廚子頭上那顆大石頭，他希望這場試煉趕快結束。他跟其他人說想下去打聽一下消息，看看遊行進行得怎麼樣了，這時教堂的鐘聲響了起來，就在此時，在他們左側的街道另一端，爆發了一場騷動，一群沸騰的群眾出現了，從遠處看去，他們正圍著供奉好耶穌神像的框架起鬨著，來朝聖的和本地信徒混雜在一起，他們在爆竹聲和狂亂叫聲中沿著狹窄街道一路前進，不一會兒，人潮塞滿整條街道，亂成一團，男女老幼，不分種族，穿著不同服飾的人，形成一撮五花八門的人群，大家大聲亂嚷亂叫，全都往市政廳方向擠過來。這時從市政廳裡湧出一堆正在燃燒的大蠟燭，好像一堆一起投擲的標槍射過來那般，蠟燭燃燒的光芒一下子就蒸發在白日的明亮光線底下。人潮湧到了陽台底下，眼看著就又沿著隔板爬上樓來，在這堆人潮裡，達拉斯特並沒有看到廚子。

他一聲不吭，離開陽台和房間，一骨碌衝下樓梯來到街上，教堂的鐘聲和爆竹聲依然隆隆不絕於耳，還有喧譁的人群、捧大蠟燭的人，以及陷入狂亂的信徒，這些人全都擋在那裡，幾乎動彈不得，他必須用盡全力擠過這些人潮，一路蹣跚行走，跌跌撞撞，才能打開一條通路，最後終於掙脫出來，來到了街道的另一端，他貼著火熱的牆壁，喘著氣讓自己慢慢回過神來，然後才繼續往前走，這時他發現街道上突然又出現了一批人，前面幾個人還倒著走，他再仔細一看，原來他們正圍著廚子往前走。

廚子看起來顯然快累癱了，他停下來，然後頂著那塊大石頭，彎著腰，像碼頭工人或苦力那樣，帶著急促腳步小跑著，腳掌迅速踏過土壤，每一步伐都代表一場災難。他身旁圍著一群穿著沾滿蠟油和灰塵的骯髒白色法衣，每當他停下來，他們就給他加油鼓勵。他的兄長在他左邊，靜靜地陪著他跑或走。達拉斯特覺得他們像是給他設定一個很大空間，讓他無止境地跑個不停。廚子來到他附近時停了下來，用無神的目光環顧四周，當他看到達拉斯特時，好像不認識他似的，站在那裡一動不動，瞪著他看。他灰色的臉上布滿油膩和髒兮兮的汗漬，鬍子上沾滿一絲絲的唾液，像乾燥的棕色氣泡黏著嘴唇。他想對他微笑，但除了肩膀部分顯得僵硬之外，整個身體卻抖個不停，根本笑不出來。他的兄長還認得達拉斯特，就跟他說：「他跌倒了。」這時蘇格拉底不知道從哪裡冒出來，靠近他耳邊說道：「他昨晚跳太多舞了，達拉斯特先生，他太累了。」

廚子又繼續往前行走，步伐斷斷續續，他不像一般人那樣，走起路來一路向前挺進，他像是一直要卸掉身上的重負那樣在蹣跚前進，他期盼透過動作來減輕負擔。達拉斯特自己也不明白不知為什麼，竟會來到他右邊，他把一隻手的手掌輕輕放到他背上，然後在旁邊邁著沉重小步伐跟著走著。街道的另一端，供奉好耶穌神像的框架早已不見，想必已經回到教堂廣場，群眾也跟著解散了。廚子在兄長和達拉斯特的扶持下，現在步伐比較平穩，就在距離聚集在市政廳門口的群眾還有二十公尺遠時，這些人正等著看他經過，廚子又停了下來，達拉斯特的手用力撐著他。「加油，廚子，」他說道：「只剩下幾步路了。」廚子一直抖著，口水不斷從嘴裡流出來，全身也不停冒著汗。他深深吸了一口氣，然後又重新啟動，搖搖晃晃走了三步，石頭突然滑到肩膀上，擦破了肩膀，一骨碌掉到了地上，廚子重心不穩，也跟著趴倒在地。走在他前面的人，回頭跳過來並發出叫聲，其中一個人伸手去抓住那塊軟木板，其他人則去扶住石頭，讓廚子可以重新頂起來。

廚子趴在地上，臉貼著地面，喘氣喘個不停，達拉斯特彎下身用手幫他擦拭肩膀上的血跡和灰塵，他就趴在那裡一動不動，嘴巴張開大口大口吸著氣，好像那是最後一口氣似的。達拉斯特把他攔腰抱起，一點都不費力，好像在抱小孩一般，他讓他站住，並用手扶著他，他低頭對著他的臉跟他講話，好像在對著他臉上吹氣一般。隔了一會兒，廚子肩上還在流血，全身還沾滿泥巴，臉上還帶著驚恐表情，他把達拉斯特推開，蹣跚地走向早已被眾人扶好的石頭，他停下來，用空洞的眼神望著石頭，然後搖了搖頭，把兩手放下來，轉頭望向達拉斯特，突然，在他那靜靜的無神的臉上流下了豆大的淚珠，他想講話，但嘴唇就是拼不出他想要講的字眼，突然，「我還願了！」緊接著：「啊，船長！啊，船長！」他的眼淚沐浴在他的聲音之中，他的兄長來到他背後，抱住了他，他並不反抗，只是一逕地不停掉眼淚，頭往後仰著。

達拉斯特一直看著他，說不出話來，他轉向群眾，從遠處看到他們又喊叫了起來，他突然伸出雙手把那塊軟木板從其他人手上拿過來，手上拿著軟木板走向石頭，他跟其他人示意抬起石頭，輕輕置放到軟木板上面，然後毫無困難地抬到他的頭上，他用肩膀使力頂著石頭，稍稍發出喘息聲，望著腳底下，廚子正在抽泣著。他邁開有力的步伐，慢慢平穩地走向街道另一端的群眾，他堅定地走入前面幾排的群眾之中，在教堂鐘聲和爆竹聲中走入廣場，兩旁的群眾起先用驚異的眼光看著他，這時突然安靜了下來，他依然以沉重步伐往前邁進，群眾為他開出一條通往教堂的小路，教堂和供奉好耶穌神像的框架已經在望，已經在廣場另一端靜靜等著他，眼看剩沒幾步路了，可這時頭上石頭的重量開始慢慢在壓榨他的頭部和頸背，他已經邁過廣場的中央，就在這節骨眼，不知何故他卻突然往左邊傾斜，偏離了通往教堂的道路，臉孔面對著一些信徒，往他們中間走去，他聽到背後傳來急促的腳步聲，他面前每個人都張大嘴巴望著他，不停喊叫，他聽不懂他們在喊叫什麼，只聽懂幾個葡萄牙語字眼，就在這時，蘇格拉底突然出現在他面前，用驚愕的眼神看著他，漫無頭緒對他講了一些話，並用手指著他的後面。「去教堂！去教堂！」他和群眾一起喊著。達拉斯特繼續往前蹣跚走著，蘇格拉底離開他，並以滑稽的姿態把兩手伸向天空，群眾這時不再出聲了。達拉斯特進入第一條街，他認出和廚子曾經來過這裡，這是通往河流地區的一條街，他背後的教堂廣場這時只剩下一片細微的吵雜聲。

達拉斯特感覺到頂在頭上的石頭越來越沉重，他必須兩手使盡全力去扶持它，藉以減輕痛苦感覺，他的肩膀已經糾結在一起，現在來到了街道上一座很滑的斜坡，他停下來，側耳傾聽，四周圍只剩下他一個人，他確定一下石頭是不是還在軟木板上面，以穩重謹慎步伐慢慢往下走著，一路來到茅屋地區，當他抵達的時候，感覺上氣不接下氣，兩隻手臂在石頭旁邊一直抖個不停，他加快腳步，來到小廣場上廚子住的茅屋門口，一腳把門踢開，把石頭放在房間中央一個還留有餘燼的火堆上面，他的身影突然變得很大，他張開絕望的大口吸著那裡他所熟悉的苦難和灰燼的味道，傾聽著無以名狀的正在他身上慢慢升起的陰暗而氣喘吁吁的喜悅。

茅屋的住戶回來了，他們站在門檻上，看到達拉斯特閉著眼睛靠在房間角落的牆壁站著，石頭半埋在房間中央的火爐裡，沾滿灰燼和泥土。他們站在門檻上靜靜看著達拉斯特，好像在問他問題，但他悶不吭聲，沒說半句話，這時廚子的兄長帶著廚子來到石頭旁邊，就讓他趴在地上，他自己坐下來，跟旁邊的人做一下手勢，一位老婦人靠過來，還有昨晚那位年輕女孩，沒有人理會達拉斯特。他們蹲著在石頭旁邊圍成一個圓圈，默不作聲。河流細細的流水聲穿過沉重的空氣，傳到了這裡，達拉斯特站在暗處，始終不發一語，他傾聽著水流的聲音，感到一種騷亂的幸福感覺。他緊閉雙眼，為自己身上的力量而感到安慰，也為將要重新開始的生命感到高興，就在這時，附近響起了一聲爆竹聲，廚子的兄長稍稍離開一下廚子，轉向達拉斯特，眼睛不看著他，對他指一下旁邊的空位說道：「和我們一塊坐下吧。」

LINK 30

放逐與王國

L'exil et le royaume

作　　者　　卡繆（Albert Camus）
譯　　者　　劉森堯
總 編 輯　　初安民
責任編輯　　林家鵬
美術編輯　　林麗華
校　　對　　陳佩伶　劉森堯　林家鵬
發 行 人　　張書銘
出　　版　　INK 印刻文學生活雜誌出版股份有限公司
新北市中和區建一路 249 號 8 樓
電話：02-22281626
傳真：02-22281598
e-mail : ink.book@msa.hinet.net
網　　址　　舒讀網 http://www.inksudu.com.tw
法律顧問　　巨鼎博達法律事務所
施竣中律師
總 代 理　　成陽出版股份有限公司
電話：03-2717085（代表號）
傳真：03-3556521
郵政劃撥　　19785090 印刻文學生活雜誌出版股份有限公司
印　　刷　　海王印刷事業股份有限公司
港澳總經銷　　泛華發行代理有限公司
地　　址　　香港新界將軍澳工業邨駿昌街 7 號 2 樓
電　　話　　(852) 2798 2220
傳　　真　　(852) 2796 5471
網　　址　　www.gccd.com.hk
出版日期　　2021 年 3 月　　初版
ISBN　　978-986-387-388-4

定價　　300 元

Published by INK Literary Monthly Publishing Co., Ltd.

Printed in Taiwan

國家圖書館出版品預行編目資料

放逐與王國／阿爾貝・卡繆 著.
劉森堯 譯. --初版. --新北市中和區：INK印刻文學,
2021.03 面； 14.8 × 21 公分. -- (Link；30)
譯自：L'exil et le royaume
ISBN 978-986-387-388-4（平裝）

876.57　　110000336

INK 舒讀網